D0562943

Boileau-Narcejac

Sans Atout
et le cheval fantôme

Illustrations de Daniel Ceppi

Les Éditions de l'Amitié
G.T. Rageot

Le voyage

– François, regarde comme elle est faite, cette valise !… Si tu veux emporter des livres, ne les mets pas sur tes chemises. Allez, donne-moi ça ! Je me demande combien de temps encore il faudra être derrière toi… Où as-tu fourré tes chaussettes ?… François, tu pourrais répondre.

– Oui, maman.

– Tes chaussettes ?

– Quelles chaussettes ?

– Écoute, François, si tu continues, je vais te laisser te débrouiller tout seul… Et puis, tu sais, tu n'es pas encore parti. Les pauvres Jaouen, je les plains. Un joli cadeau que je leur fais là !

– Oh, mais, je les aiderai, maman !

– Je vois ça d'ici… Prends un cache-nez.

– Mais, maman…

– François, prends un cache-nez… En avril, la côte est froide. Là ! Ça commence à ressembler à une valise. Je connais Marguerite. Elle voudra ranger tes affaires. Et moi, je ne veux pas avoir honte.

François soupirait, pendant que sa mère s'activait. Ce n'était pas sa faute s'il était désordonné. C'était plutôt une malice des choses. Elles ne restaient jamais où elles auraient dû être. Cela commençait dès son lever. « Maman, tu n'as pas vu ma brosse à dents ? »

Il avait beau fureter. Pourtant, la veille au soir, il était sûr de l'avoir suspendue près des autres. Et son soulier gauche… Il regardait partout. Pourquoi le gauche, justement ? Qu'avait-il bien pu faire de son soulier gauche ? Pourquoi ce soulier boudait-il ?

« François, dépêche-toi, disait sa mère. Tu vas être en retard. »

« Voilà, j'arrive. »

Il entrait à cloche-pied dans la salle à manger et, parce que le temps pressait, tout le monde cherchait. M. Robion pestait. François était désespéré. Mais la malchance continuait ; au lycée, cette fois.

« Robion, votre préparation ? »

« Je l'avais tout à l'heure, m'sieur. »

Sournoisement, le cahier avait disparu. Comme ces bêtes de la mer qui prennent la couleur du sable ou des rochers, il s'était camouflé en cahier de maths, ou en cahier de textes. Un jour, le professeur de François avait improvisé un long développement sur l'ordre et avait conclu en disant :

« L'ordre, c'est, dans la vie, le meilleur atout ! »

Et François avait été aussitôt surnommé « Sans Atout ». Le sobriquet lui avait plu. D'abord, il avait valeur d'excuse. « Œil de Faucon », cela signifie qu'on a une vue perçante… « Nez de cuir », qu'on a un morceau de cuir à la place du nez… Et « Sans Atout », qu'on est privé de cette qualité maîtresse, de cet atout maître, l'ordre. C'est ainsi. On n'y peut rien. Inutile de s'appliquer, de faire un effort. Sans Atout on est, Sans Atout on reste !

Mais attention ! Sans Atout, cela veut dire autre chose. Quand on joue aux cartes et qu'on a en main les as et les figures, quand on est par conséquent sûr de gagner, on déclare : Sans Atout. Et on fait tous les plis. François, doué d'une intelligence exceptionnelle, était premier partout, ou presque. À quinze ans, il dominait sans effort la classe de première, et quand ses camarades l'appelaient Sans Atout, c'était avec indulgence et admiration. En revanche, à la maison, on continuait à le traiter de gamin.

– François ! Mets une étiquette sur ta valise.

– Mais, maman, elle va voyager avec moi.

– Justement.

Inutile de discuter. François était un incompris. Mais, tout à sa joie de partir en vacances, il obéit avec empressement et rédigea même une deuxième étiquette, pour le plaisir :

François Robion
Château de Kermoal
Portsall – Finistère

Il faillit ajouter : *Chez M. Jaouen*, mais les Jaouen n'étaient que les gardiens. Et puis tout le monde savait bien, dans le pays, que Kermoal appartenait à maître Robion, le célèbre avocat d'assises.

Appartenait ? Pour combien de temps encore ?... Pauvre vieux Kermoal ! Avec ses tours, ses toits pointus, ses échauguettes, il avait encore grand air, au coucher du soleil, à l'heure des premières chauves-souris, quand la marée poussait son flot extrême jusqu'au pied des murailles. Quels films on aurait pu tourner dans ses immenses salles et sur ses chemins de ronde ? Quand maître Robion avait annoncé son intention de vendre, François avait bondi.

– Papa !... Tu ne peux pas faire ça !

Malheureusement, les chiffres parlaient encore plus fort que le cœur. L'entretien du château coûtait une fortune. La tour du nord menaçait ruine. Et puis, à quoi bon restaurer des murs quand on n'avait plus les moyens de remeubler décemment les pièces qui avaient été mises au pillage, pendant la guerre ! Était-il raisonnable de garder coûte que coûte un château qui tombait en morceaux, pour venir s'y reposer quelques jours à Pâques et au mois d'août ? Non. Kermoal pouvait encore être acheté un bon prix par une société, pour y loger, par exemple, une colonie de vacances. Bien sûr, c'était une décision pénible. « Allons, François, tu ne vas pas pleurer ?... »

François avait retenu ses larmes, mais, pendant une quinzaine, il avait été hors d'état de travailler. Il avait écrit une longue lettre à son ami Jean-Marc, le petit neveu des Jaouen, autant dire leur fils, puisqu'ils l'avaient adopté. Il lui avait notamment dit :

Arrange-toi pour que tes parents, si un visiteur se présente, essaient de le décourager. Ce n'est pas difficile. Il n'y a qu'à lui montrer les parties les plus abîmées, suggérer que la main-d'œuvre est rare ; enfin tu vois tout ce qu'on peut faire. Où irez-vous, tous les trois, si le château est vendu ?

Six pages de conseils, de recommandations, et puis François avait déchiré la lettre. « À dieu vat ! », comme le père Jaouen aimait à dire. François le rachèterait plus tard, le château de son enfance. C'était juré !

Pour le moment, il ne fallait pas gâter la joie de ce voyage. Un voyage en train ! Avec le déjeuner au wagon-restaurant ! Le premier vrai voyage, en somme, puisque, d'habitude, il partait en voiture avec ses parents. La voiture ! C'est bien monotone, à la fin ! Tandis que le long convoi brillant, le doux roulis des wagons, le maître d'hôtel qui se penche, déférent : « Monsieur prendra-t-il du café ? »… Ça, oui, ça vaut la peine. Et si François oublie quelque chose, par exemple ces affreux comprimés qu'il doit avaler à chaque repas, personne ne lui fera d'observation. Un garçon le rattrapera, lui glissera discrètement le tube dans la main, en s'excusant. La grande vie ! Encore deux heures ! Pourvu que maman ne sorte pas son mouchoir, au pied du wagon. Ou ne l'oblige pas à réciter la longue liste de tout ce qu'il ne doit pas oublier de faire ! Parce qu'avec maman, on dirait toujours qu'on s'embarque pour la lune. Le compte à rebours n'en finit pas ! « Envoie-nous une carte pour nous rassurer. »

— Tu sais, maman, Brest n'est qu'à 590 kilomètres de Paris. 591, exactement.

— Je ne suis quand même pas tranquille.

Papa, lui, il a la manière. Une solide poignée de main, d'homme à homme, le billet sur la table, avec un peu d'argent. Pas trop ! Il se méfie quand même un peu. « Amuse-toi bien. Nous te rejoindrons dès que je pourrai me libérer. Sans doute à la fin de la semaine. »

Et le voilà parti au Palais. Là-bas, il parle beaucoup. Ici, on l'entend à peine. C'est quelqu'un de bien, papa. On voit, de temps en temps, son portrait dans les journaux.

— Maman, on pourrait partir, tu ne crois pas ?

Elle qui, d'habitude, est si vive ; elle traîne. Elle traîne !

— S'il y a des encombrements, on arrivera en retard.

Excellent argument, qui emporte la décision. Cette fois, on est en route. Mais le voyage ne commencera vraiment qu'à Montparnasse, dans cette gare immense, énorme et dominée par des gratte-ciel encore plus imposants. François se penche pour mieux les guetter, tandis que la DS se faufile en souplesse. Il les voit sur un fond de nuages gris. Son sang court plus vite. Ah ! S'il savait conduire, ils seraient déjà arrivés !

— Maman, si tu étais chic, tu sais ce que tu ferais ?… Eh bien, tu me laisserais devant la gare. D'abord, tu ne trouveras pas de parking. Et puis, quoi… il faudra bien que je me débrouille, à Brest. Alors, autant commencer tout de suite !

Mme Robion hausse les épaules. Justement, une grosse Buick se dégage de son créneau. Adroitement, elle y loge la DS, veut s'emparer de la valise. Mais François est bien décidé à la porter. C'est lui, et lui seul, qui va prendre le train. Il marche à grands pas. Il respire avec bonheur l'air chargé de bruits, d'échos, mais qui n'est plus tout à fait celui de Paris. D'instant en instant, un haut-parleur fait retentir trois notes douces et graves, comme à Orly, et une voix dolente annonce : « Les voyageurs pour Nantes », ou « Les voyageurs pour Quimper », et l'on sent que la Bretagne est là, au bout des rails, au fond du ciel pluvieux. « Je viens, Kermoal, je viens », pense François. Mais, au dernier moment, c'est lui qui faiblit. Une émotion rapide. Sans doute le mal des gares. Maman est obligée, elle pourtant si tendre, de le pousser d'autorité dans un wagon.

— Va, mon petit… Ne fais pas d'imprudences. Je te quitte, maintenant.

Elle s'éloigne de quelques pas.

— Nos amitiés aux Jaouen.

Un geste de la main. Un sourire tremblant. Puis elle s'en va, elle se perd dans la foule. François est seul, contracté, un peu perdu. Il s'installe. Maman aussi est quelqu'un de bien ! La preuve, dès qu'elle n'est plus là, on devient tout frileux, presque craintif. Heureusement, le train, bientôt, commence à rouler. Il prend sa longue allure de rapide, et François oublie maison, parents, passé. Il regarde, il parcourt le couloir, il se donne un air important, il s'amuse intensément. Pas moyen de lire. Il est trop excité !

Si excité qu'il finit par tomber dans une sorte d'engourdissement délicieux. Il pense à toutes sortes de choses à la fois : il est dans le bateau du père Jaouen, mais il se promène aussi dans la 2 CV de Jean-Marc, et il visite les greniers croulants de Kermoal… Impossible de vendre Kermoal ! Le château est dans la famille depuis des générations. Il a été acheté, au début du siècle dernier, par un aïeul misanthrope, pour une bouchée de pain, paraît-il. Et pas seulement le château, mais un grand morceau de lande, autour. De la vraie lande de légende, avec du roc, des ajoncs, du vent… et la mer à perte de vue.

Kermoal… Comment dire ?… Ce n'est pas vrai. C'est autre chose. C'est ailleurs. Comme le château des contes. François se rappelle certains dessins de Victor Hugo… Kermoal, c'est exactement cela, avec, en plus, une sorte de tristesse rêveuse, comme si les pierres méditaient, au bord des eaux tumultueuses. François, quand il était plus jeune, avait un peu peur, le soir, au moment de se coucher. Il avait déjà lu trop de romans d'aventures ; il imaginait des passages secrets, des escaliers dérobés menant Dieu sait où, des souterrains, des oubliettes… Il écoutait les bruits de la nuit. Il va encore les écouter, dans quelques heures, avec plaisir, avec regret, aussi, car il n'est plus cet enfant trop pensif qui entendait marcher des ombres. Il prépare son bac. Il écrit des vers, quand il a le temps. Fini, Arsène Lupin ! Fini, Sherlock Holmes ! Dommage !

François sursaute. C'est la sonnette qui avertit les voyageurs que le premier service commence. Enchantement du wagon-restaurant. Les verres tremblent, les bouteilles oscillent. Les gares défilent, à grand fracas.

Un peu de sauce tombe sur le pantalon neuf. François devient rouge, s'essuie à la dérobée. Ça y est ! Sans Atout reparaît, toujours aussi distrait et maladroit. La brave Marguerite Jaouen saura réparer le dommage. François, pour se donner du cœur, reprend de la glace. Bien sûr, c'est défendu. À cause du foie. Mais, au diable le foie ! Une grande tasse de café, pour finir. Et même… une cigarette. Ici, c'est le monde des adultes, des hommes d'affaires, qui discutent, nez à nez, en chauffant un alcool au creux de leurs mains. Peut-être y a-t-il, parmi eux, un marchand de biens qui songe à acheter Kermoal ?… François observe ses voisins, mais il sait bien que c'est un jeu. Personne ne s'embarrasse de Kermoal ! C'est une ruine invendable, heureusement. D'ailleurs, Jean-Marc est assez malin pour tenir à distance les acquéreurs éventuels.

François regagne son compartiment. Il a sommeil, maintenant. Oui, Jean-Marc est un malin. François le revoit, en surimpression, sur la vitre, tandis que le rapide traverse en grondant le triage de Laval… Un long garçon maigre, avec le visage osseux et les yeux tantôt gris, tantôt bleus, des Bretons du Nord. Lent, secret, marqué par une enfance pas très heureuse. Mais un compagnon de jeu idéal, connaissant la côte comme sa poche et d'une adresse miraculeuse. C'est pourquoi il suit les cours d'une école de mécanique, à Brest. Il veut se spécialiser dans l'électronique. François n'est pas particulièrement renseigné sur l'électronique. Il est ce qu'on appelle, au lycée, un littéraire, et il se destine au métier d'avocat, le seul métier qui vaille, à ses yeux.

Mais il sait, malgré tout, qu'on peut tout faire, à partir de l'électronique : ouvrir à distance les portes d'un garage, comme diriger un astronef dans l'espace. Aussi admire-t-il beaucoup Jean-Marc, qui est de trois ans son aîné. Ils s'aiment comme des frères. Jean-Marc, c'est Kermoal. Les Jaouen et Kermoal, c'est la même chose. Il y a, entre eux et la sévère silhouette du château, un accord profond, peut-être parce que le monde moderne s'est arrêté à Brest. Portsall, déjà, c'est la province d'autrefois. Mais Kermoal, c'est encore le Moyen Âge. Et la vieille Marguerite, avec sa coiffe compliquée qui semble battre des ailes, sur sa tête, comme un oiseau familier, c'est l'âme de Kermoal !

François s'endort, mais il a chaud au cœur. Bonjour, les Jaouen !... Nous allons nous retrouver, une fois encore, et, avec un peu de chance, il y aura encore beaucoup d'autres fois !...

Kermoal

Brest !... Pas possible !... François s'en veut d'avoir dormi si longtemps. Le meilleur du voyage a été sottement gaspillé. Tant de paysages que François s'était promis d'admirer au passage : le viaduc de Morlaix, Guimiliau et son clocher, l'estuaire de l'Élorn... Tant pis, François attrape sa valise et se dirige vers la sortie. Chemin faisant, il respire le vent neuf, qui accourt du fond de l'horizon, apportant une odeur mouillée de marée haute. Kermoal sera en beauté, tout à l'heure.

Jean-Marc est là, les mains dans une canadienne, un béret basque enfoncé sur les yeux, rustique et fraternel.

– Sans Atout ! J'ai failli te manquer. Mon carburateur a des faiblesses.

On s'embrasse, on se donne des tapes dans le dos. Mais, vite, allons la voir, cette 2 CV que Jean-Marc a achetée d'occasion, il y a un mois à peine. Elle est sale, cabossée. Elle est merveilleuse. On va en faire des randonnées, avec elle !

– Ça marche au petit poil, explique Jean-Marc. À condition d'avoir toujours la trousse à outils sous la main.

Sur la route de Portsall, on ne parle que de mécanique. Et même on en parle trop. François a soudain l'impression que Jean-Marc est trop bavard, lui, le silencieux. Quand il veut masquer une préoccupation, il devient brusquement intarissable.

– Ça va, chez toi ? demande François.

– Oui, ça va. Le père vieillit un peu. La pêche donne moins. Les estivants ont raclé tous les fonds.

– Et Kermoal ?

Un temps. Décidément, il y a quelque chose.

– Kermoal ? dit Jean-Marc. C'est toujours pareil. Les tempêtes ont descellé un créneau, sur la tour nord.

– Tant mieux. Pas de visiteurs ?

– Si. Quelques-uns. Des curieux. Dès qu'ils voient le château, ils n'insistent pas. Ils se figurent qu'il s'agit d'un petit manoir. Et puis, ils découvrent une citadelle.

– Tant mieux.

– Il y en a un, pourtant, qui s'accroche.

– Ah !

– Un promoteur. Un gars de Rennes… Lui, il voudrait tout raser et vendre le terrain par lots.

– Diable !

– C'est le prix qui semble le retenir. Il est déjà venu deux fois. Ça m'inquiète.

Voilà ce qui tourmente Jean-Marc. Il faut avouer que c'est préoccupant. Jean-Marc se tait, maintenant,

mais il conduit nerveusement. La nuit vient, tout doucement. Dans Portsall, les lumières s'allument.

– Toi ? insiste François. Tes études ?

– Bah ! Je ne me plains pas.

La vaillante petite 2 CV peine dans une côte. On aperçoit la mer, à gauche, puis on plonge à travers la lande, déjà mystérieuse dans le crépuscule. Et soudain, c'est le mur d'enceinte, la haute grille de Kermoal.

François ressent toujours le même coup au cœur. À chaque nouvelle rencontre, le château lui paraît un peu plus majestueux. À mesure que le chemin déroule ses méandres, la forteresse s'offre sous de nouvelles perspectives, découvre successivement ses toits pointus, ses murailles. Voici l'aile nord, la fenêtre de la chambre de François. Le lierre a encore poussé. Il grimpe toujours plus haut, vers le chemin de ronde. La façade ouest se démasque. Une mince lézarde court le long de la tour d'angle, comme une cicatrice sur une joue.

– Ça, dit Jean-Marc, c'est la tempête de Noël qui l'a fait. Ce n'est pas grave. Deux journées de maçons.

Un dernier coup de volant. La 2 CV entre dans la cour d'honneur. Au bruit, les Jaouen sortent et viennent au-devant du voyageur.

– Tu as encore grandi ! s'écrie Marguerite, émue.

Et ce sont les embrassades, trois fois, comme le veut la bonne amitié. Et puis les questions qui n'en finissent plus... « Oui, tout le monde va bien... Papa est très pris. Ils viendront dès qu'ils pourront... Oui, j'ai un peu faim... »

Et, pendant que Jean-Marc va garer la 2 CV sous un appentis, le groupe entre dans la salle commune, où la table, préparée depuis longtemps, n'a jamais été plus accueillante, avec ses faïences de Quimper et son bouquet de fleurs des champs. Un grand feu brûle clair dans la cheminée. François s'épanouit. Ce qu'on peut être bien à Kermoal ! Et comme ils sont braves, ces Jaouen. Lui, carré, solide, malgré l'âge, la figure cuite par tous les vents, la bouffarde aux dents et l'œil vif, sous la paupière toujours clignée ; elle, la douce, l'aimante, vouée à soigner, à nettoyer, à nourrir… Pourtant, ils sont un peu réticents ce soir ; passées les effusions, ils semblent même un peu taciturnes. La conversation tomberait, si François ne la relançait pas. Jean-Marc les rejoint.

– Tu as tout fermé ? demande Marguerite.

– Pourquoi ? dit Sans Atout. Il n'y a plus rien à voler, ici !

Les voilà qui échangent des regards, très vite, et qui se composent un visage d'insouciance.

– À part les poules et les lapins, dit le père Jaouen, je vois pas ce qu'on nous prendrait. Tiens, fils, goûte-moi ce cidre. Ce n'est pas à Paris que tu trouveras le pareil.

Mais François n'est pas un garçon qui se laisse manœuvrer. Il veut en avoir le cœur net. Aussi commence-t-il à parler de la vente du château. Les Jaouen hochent la tête. Bien sûr, cela leur fera gros cœur de s'installer ailleurs. Ils sont bien vieux pour déménager. Et puis, ils ne se résigneront pas à servir d'autres maîtres. Mais ils espèrent bien que cette vente n'aura pas lieu. Ce serait trop triste.

François écoute, attentif à saisir le moindre sous-entendu. Mais non ! Les Jaouen expriment leur peine avec simplicité et franchise.

Et pourtant, ils ne se mettent pas tout entiers dans ce qu'ils disent. On jurerait qu'une part d'eux-mêmes est ailleurs, comme il arrive quand des gens attendent le médecin, par exemple. C'est même exactement cela. Marguerite, quand elle se lève pour aller chercher les crêpes de blé noir, marche sans bruit, comme si elle tendait l'oreille. Jaouen pose le pichet avec précaution sur la table. Jean-Marc reste obstinément silencieux.

— Nous avons pensé, dit Marguerite, que tu serais peut-être mieux si tu dormais près de nous, en attendant l'arrivée de tes parents.

— Jamais de la vie, proteste François. J'aime tellement ma chambre.

— Mais… tout seul… à l'autre bout du château !

— Je ne risque pas d'être enlevé, dit François. Et je n'ai jamais eu peur, la nuit. Je dormirai là-bas. La lumière marche, n'est-ce pas ?

— Oui, intervient Jaouen. J'ai tout vérifié.

— Alors, c'est parfait. J'ai même l'intention de faire le tour du cadran. Je tombe de sommeil.

Les Jaouen échangent quelques phrases en breton. Cela aussi, c'est nouveau. D'habitude, par déférence, ils évitent de parler breton. Qu'est-ce qu'ils ont donc, ce soir ? Ils oublient même de traduire, tellement ils sont troublés. Marguerite prépare une petite lampe de cuivre ; ce qu'on appelait autrefois une lampe « Pigeon ».

– S'il y a une panne, tu auras au moins une veilleuse.

Une veilleuse ! Ah ça, mais, ils ne s'y prendraient pas autrement, s'ils voulaient effrayer François !

– Jean-Marc va t'accompagner, fils, dit Jaouen.

– Je connais le chemin, plaisante François.

– Il portera ta valise. Tu es fatigué.

Le moment est venu de se souhaiter le bonsoir. Il y a toujours, entre eux, cette gêne, qui persiste et même qui s'accroît. Marguerite embrasse François.

– Tâche de bien dormir… J'aurais tout de même été plus tranquille si tu avais été près de nous.

Jaouen lui serre la main. Ils partent. Jean-Marc devant, avec la valise ; François, fermant la marche, la lampe Pigeon au poing. Ils traversent le corps de bâtiment principal. Les immenses salles vides se renvoient l'écho de leurs pas. Ils atteignent l'aile nord. Un petit escalier de pierre, qui tourne sur lui-même. Jean-Marc ouvre une porte, gonflée par l'humidité.

– Te voilà chez toi !

Il lance la valise sur le lit de milieu, un grand lit à baldaquin, comme on en voit dans les musées. Ensuite, il fait semblant de vérifier si tout est en ordre sur la table de toilette. Il est clair qu'il veut dire quelque chose, et quelque chose qui a du mal à sortir.

– François… c'est bête ce que je vais t'apprendre…

– Eh bien, vas-y, mon vieux, vas-y !

– Non… Tu vas croire que nous sommes devenus fous.

– Mais qu'est-ce qu'il y a, à la fin ? Vous faites de ces têtes !…

Jean-Marc s'approche des persiennes closes.

– François… Je ne veux pas t'influencer… Après tout, c'est peut-être nous qui avons des hallucinations… Viens ici. À minuit, tu regarderas à travers les fentes, et surtout… tu écouteras… Tu écouteras bien. Ne fais pas de bruit ; n'allume pas… N'ouvre pas, surtout, n'ouvre pas. Tu ne cours aucun danger : ça, je peux te l'affirmer. Ce qu'il faut, c'est que tu écoutes ! Je donnerais n'importe quoi pour que tu n'entendes rien… Tu ne peux pas savoir… Alors, rappelle-toi. À minuit… Bonsoir…

Le cheval fantôme

François n'avait pas menti, quand il avait dit qu'il n'avait jamais peur la nuit. Mais, maintenant qu'il était seul, il se sentait un peu anxieux et pensait sans cesse à l'étrange attitude des Jaouen et surtout aux paroles inquiétantes de Jean-Marc. Que se passait-il, au château, à minuit ? C'était la première fois que François allait dormir loin de tout secours. Il essaya de chasser de son esprit ce mot désagréable, mais comprit vite qu'il ne fermerait pas l'œil.

Il réfléchissait, tout en rangeant son linge dans la vieille armoire bretonne. Les Jaouen n'étaient pas de ces gens que tourmente l'imagination. Jean-Marc avait solidement les pieds sur terre. Qu'avaient-ils donc vu de si bizarre ? Jean-Marc avait parlé d'hallucination. On est halluciné quand on se trouve en présence de quelque chose qui n'existe pas… ou de quelqu'un…

François referma très doucement la porte de l'armoire qui grinça comme, seuls, les très vieux meubles savent le faire. Le plancher grinçait, lui aussi. Le lit craquait quand on s'asseyait dessus. Et tous ces craquements,

tous ces grincements, augmentaient le malaise de François… Il avait soudain l'impression de n'être plus seul dans la chambre, et il n'osait pas libérer le mot qui allait transformer son malaise en angoisse… Mais déjà il n'était plus maître de sa pensée.

Quelqu'un qui n'existe pas est « un fantôme ». Il y avait un fantôme au château ? Allons donc ! Il avait exploré tous les coins de Kermoal. Il n'avait jamais rencontré de fantômes. Quand un château est hanté, tout le pays est au courant. Les Jaouen l'auraient dit. On en aurait parlé. Or jamais personne n'avait fait allusion à un fantôme.

François avait un peu froid. Marguerite avait tout préparé pour faire un grand feu dans la cheminée, mais elle ne l'avait pas allumé parce qu'elle avait l'intention de faire coucher François dans la chambre contiguë à celle de Jean-Marc. Pourquoi cette précaution ? François enflamma le papier et bientôt le foyer s'illumina. Il était presque dix heures. Deux heures à attendre ! François enfila sa robe de chambre, poussa l'antique fauteuil auprès de la cheminée et s'y blottit. On était en train de lui gâcher, de lui salir Kermoal. Jusque-là, il avait eu confiance ; Kermoal était un peu comme une bête familière. On n'imagine pas qu'elle peut mordre. Et maintenant Kermoal menaçait. De la pire façon. Par son silence, par sa nuit…

Le feu fumait beaucoup. François alla ouvrir la fenêtre et profita de l'occasion pour glisser un regard entre les lames des persiennes. L'une de ces lames était cassée et l'on découvrait un vaste morceau de lande, avec un chemin mal dessiné qui serpentait entre les blocs des rochers et les massifs d'ajoncs. Rien ne bougeait. La pleine lune, se levant du côté des terres, projetait presque jusqu'au chemin l'ombre des tours. La mer battait sourdement, tout près, si près que l'on percevait le glissement du flot sur le sable. Mais, à minuit, on ne l'entendrait presque plus ; elle découvrirait une vaste grève, parsemée de flaques où abondaient, au printemps, les crevettes et les crabes.

Mais François ne songeait guère à la pêche. Il observa un moment le paysage et revint s'asseoir, tendant les mains vers les flammes. La chaleur commençait à l'engourdir ; cependant, il réfléchissait toujours, procédant par élimination, comme il en avait l'habitude. Si on écartait l'hypothèse du fantôme, que restait-il ? Est-ce que quelqu'un se cachait dans le château ? Un prisonnier évadé ? Peu vraisemblable. Des contrebandiers ? Tout cela ne tenait pas debout. Jaouen aurait prévenu tout de suite les gendarmes.

François se promit d'étudier l'histoire de Kermoal. Souvent, son père lui avait dit : « Tu devrais lire la brochure de l'abbé Flohic » ; mais François se souciait peu du passé du château. Il savait, comme tout le monde, qu'il avait été bâti à la fin du XIIe siècle, qu'il avait connu des guerres, qu'il avait abrité des émigrés, mais tout cela vaguement, comme si le Kermoal des érudits n'avait pas été le vrai Kermoal, le sien, celui des parties de cache-cache, des galopades le long des couloirs, sonores comme des cavernes. Le temps était venu de chercher des renseignements précis, d'apprendre qui, exactement, avait habité ici…

Onze heures… François avait envie de dormir et pourtant il ne tenait plus en place. Il retourna à la fenêtre. L'ombre des tours était plus courte. La lune serait bientôt à l'aplomb du château. Elle emplissait l'espace d'une sorte de buée bleuâtre qui estompait les formes, mais amplifiait les bruits. Il y avait une chouette, quelque part, qui appelait doucement. Qui donc allait venir ?

François remit du bois dans le feu et éteignit le plafonnier. Les flammes éclairaient assez et il ne fallait pas éveiller la méfiance du visiteur. Il devait être sur ses gardes, car Jean-Marc avait bien recommandé d'écouter et de regarder sans se montrer.

Onze heures et demie, François avait envie de marcher. L'idée lui vint d'aller trouver les Jaouen, mais il ne se sentait plus le courage de traverser les salles du rez-de-chaussée si désespérément vides. De toute façon, il était trop tard. Et puis, il se devait d'affronter seul l'événement. Il avait une montre à cadran lumineux, offerte par son grand-père. Il se mit à surveiller attentivement les petites taches verdâtres des aiguilles. À minuit moins dix, n'en pouvant plus, il s'embusqua au coin de la fenêtre, après avoir relevé le col de sa robe de chambre, car l'air qui filtrait à travers les persiennes devenait de plus en plus froid. La chouette s'était tue. De la mer ne montait plus qu'une rumeur confuse. De temps en temps, derrière François, les braises s'écroulaient. Est-ce que « cela » viendrait par le chemin, ou bien est-ce que « cela » sortirait du château ?…

Minuit. Toujours rien. Est-ce que Jean-Marc s'était trompé ? François ne voyait rien, n'entendait rien. L'ombre des tours semblait s'être rassemblée au pied des murs. La lande était baignée d'une lumière de rêve. Mais, soudain, François se contracta. Son front heurta le bois de la persienne. Ce bruit ?… Non. Il n'offrait aucun mystère. C'était tout bonnement le pas d'un cheval qui se promenait là-bas, derrière les murs. Pour l'instant, il trottait, comme il était facile d'en juger par la cadence de ses sabots. Il venait de la droite ; il allait bientôt longer la grille.

Bien qu'on ne pût voir la route de cette partie du château, François pressait sa tête contre la persienne, écarquillait les yeux… La bête se rapprochait, prenait le petit pas, soufflant légèrement comme un cheval qui chasse les mouches, l'été. François devait se rendre à l'évidence : elle était dans la propriété.

Mais comment était-elle entrée ? La grille était fermée ; les murs avaient deux mètres, et ne présentaient aucune brèche. Au bruit, il était facile de suivre la progression du cheval. Il marchait paisiblement, battant le sol de ses quatre fers, dont l'un sonnait comme s'il avait été mal fixé. Il passait au large de la cour d'honneur. Maintenant, François aurait dû le voir ! Voilà qu'il s'arrêtait, secouait la tête. On entendait tinter la gourmette. Il était donc harnaché ? Il mâchait donc un mors ? Il portait un cavalier ? Un cavalier invisible, comme sa monture ! Un cavalier qui donnait sans doute de l'éperon, car le cheval se remettait en marche.

Jamais François n'avait eu si froid, et pourtant ses joues, son front brûlaient. Le cheval se rapprochait encore ; dans quelques secondes il allait se trouver juste sous la fenêtre. François n'y tint plus. Il souleva le crochet qui tenait réunies les deux persiennes et les écarta lentement, puis il avança la tête. La lumière de la lune accusait le relief de chaque rocher, de chaque touffe d'herbe. Le cheval était là, à la verticale ; le regard passait à travers lui et découvrait le sol bosselé de la lande, le sable où luisaient des paillettes de mica. L'animal s'ébroua, fit un écart. Un claquement de langue le retint… Un claquement de langue ?…

« Ce n'est pas possible ! » se dit François.

Il se pencha. Le cheval s'éloignait ; puis, à nouveau, il s'arrêta, juste au pied de la tour d'angle, qui masquait le rivage. Le cœur de François battit plus fort. Est-ce que le cavalier allait mettre pied à terre ? « Si je l'entends marcher, je vais crier », pensa François.

Le bruit avait cessé. L'air revint dans la poitrine de François. Durant un temps qui lui sembla très long, le silence fut total. Puis, brusquement, le cheval gratta le sol du sabot. Il était toujours là, aussi transparent dans le clair de lune qu'une méduse dans la profondeur de l'eau. Que faisait le cavalier ? Avait-il mis pied à terre ? Était-il un homme des anciens temps ? Peut-être était-il revêtu d'une armure ? Peut-être regardait-il François, à travers les trous de sa visière baissée ?

François se recula un peu. Et le cheval, un sabot après l'autre, fit demi-tour, repartit. De nouveau, il passa sous la fenêtre, dépassa l'angle du mur… L'étrange pèlerinage allait prendre fin. Les pas s'éloignaient. Cavalier et monture devaient traverser la grille, impalpables comme une fumée. Ils étaient sur la route, de l'autre côté du mur. Le cheval se remit au trot.

François écouta encore longtemps. Enfin, il referma persiennes et fenêtre. Il était épuisé et s'abattit dans le fauteuil. Plus question de dormir. Il se lova le plus près possible du foyer.

Les Jaouen n'avaient pas tort d'être effrayés. François sentait qu'il venait d'être le témoin de quelque chose d'extraordinaire. Il n'avait pas vu le fantôme, mais il l'avait entendu, et c'était encore plus affolant. Cela défiait toute explication. Fallait-il téléphoner à Paris, raconter la scène? Mais les parents de François ou bien s'inquiéteraient et enverraient leur fils consulter un docteur, ou bien, effrayés par cette histoire, décideraient de vendre Kermoal au plus offrant. Il valait mieux attendre. Le phénomène ne se reproduirait peut-être plus. Au fait, depuis combien de temps se manifestait-il? Depuis peu, certainement. Autrement, les Jaouen auraient fini par en parler. Mais voit-on un fantôme apparaître brusquement dans un château vieux de plusieurs siècles? C'était invraisemblable. Tout, dans cette affaire, était invraisemblable. Et pourtant!...

Le jour trouva François endormi dans son fauteuil, auprès du feu éteint. Ce fut un coup, frappé contre la porte, qui le réveilla en sursaut.

L'empreinte mystérieuse

— Mon pauvre vieux, dit Jean-Marc. Je vois que tu as entendu. Tu as une mine de déterré.

— Oui ! J'ai entendu.

Jean-Marc vint s'asseoir sur le bras du fauteuil.

— Je suis désolé, reprit-il. Mais nous ne voulions rien te dire pour ne pas t'influencer. Il fallait que tu sois témoin, toi aussi.

— Tu crois que c'est un fantôme ?

— Quelle autre explication proposer... à supposer que ce soit une explication ?

— Tes parents... qu'est-ce qu'ils en pensent ?

— Ils sont plutôt terrifiés. Elle, surtout. Ici, tu le sais comme moi, c'est la terre des légendes.

— Et tu en connais une qui s'appliquerait à ce qui s'est passé ici cette nuit ?

— Non. C'est bien la première fois qu'on parlerait d'un cheval fantôme.

— Un cheval... et un cavalier.

— Pour le cavalier, je suis moins sûr.

— Mais moi, s'écria François, j'en suis absolument

certain. Je l'ai entendu qui faisait claquer sa langue pour retenir son cheval.

— Nous, nous n'avons rien entendu, fit Jean-Marc. Et pourtant, nous n'étions pas loin de toi.

François le regarda avec surprise.

— Pas loin de moi ?

— Oui. Nous nous postons dans la chambre de tes parents. Il n'y a que de ce côté du château que l'on puisse assister à quelque chose. De notre côté à nous, on est trop loin.

— Moi, j'ai entendu un claquement de langue, reprit François. Cela s'est produit juste sous ma fenêtre. Il y a aussi un cavalier.

— Oui… après tout, ce serait normal ! Enfin, je veux dire, on comprend mieux ce que fait le cheval, si on admet que quelqu'un le conduit.

— Quand est-ce que tout cela a commencé ? interrogea François.

— Mercredi dernier. Ça ne fait pas longtemps, tu vois ! J'avais travaillé assez tard, un dessin à terminer… Avant de me coucher, je sors prendre un peu l'air. C'est alors que j'entends. Tout d'abord, j'ai pensé qu'on avait laissé la grille ouverte et qu'un cheval était entré. J'ai couru voir. Je n'ai rien vu… Mais j'ai continué à entendre. Alors…

Jean-Marc était devenu très rouge, il semblait gêné.

— Alors… j'ai couru réveiller mes parents. Ils sont venus avec moi. Eux aussi ont été témoins. Voilà comment cela a commencé. Depuis, chaque nuit, nous nous sommes installés là-haut.

– Il passe toujours à la même heure ?

– Oui. Minuit.

– Tu m'as dit : mercredi, reprit François. Mais rien ne nous prouve qu'avant…

Il s'interrompit et Jean-Marc approuva gravement, de la tête.

– Non. Rien ne prouve que le cheval ne s'était pas déjà manifesté. Mais nous ne serions pas plus avancés si nous connaissions avec certitude le jour où…

– Eh ! Je sais bien, s'écria François. Je cherche une explication, mais je nage complètement.

– Moi aussi.

– Après tout, il ne s'est peut-être rien passé du tout. Nous sommes peut-être tous envoûtés ou quelque chose comme ça.

– Non, dit Jean-Marc. Non… Habille-toi… J'ai justement une preuve à te montrer.

François s'habilla rapidement.

– Quelle preuve ? demanda-t-il en se donnant un rapide coup de peigne.

– Tu vas voir.

Les deux garçons descendirent et ouvrirent la porte, au pied de l'escalier.

– Et cette preuve achève de tout embrouiller, conclut Jean-Marc. Viens par ici.

Ils parcoururent quelques mètres, atteignirent le chemin, tournèrent dans la direction de la tour d'angle.

– Regarde, dit Jean-Marc.

– Où donc ?

– Là.

– Ah !

François, maintenant, ne pouvait plus détacher ses yeux de l'empreinte qui apparaissait, parfaitement nette, sur le sol. L'empreinte d'un sabot. Il s'accroupit pour l'examiner de plus près. Le fer s'était imprimé, comme un cachet, sur le sable, épais en cet endroit. On distinguait tous les détails.

– Il manque un clou, observa François. Voilà pourquoi j'entendais ferrailler un sabot.

– C'est là qu'il s'est arrêté, dit Jean-Marc. Et tu remarques la taille du pied. Je n'ai pas été élevé à la campagne pour rien. Je m'y connais un peu en chevaux. Eh bien, la bête qui a laissé cette empreinte doit être énorme.

– Un cheval de guerre, murmura François. Un cheval comme ceux des tournois.

Ils se relevèrent, pensifs.

– Seul, un vrai cheval aurait pu faire cette marque, dit enfin François. Et le cheval de cette nuit n'est pas un vrai cheval. Je m'y perds… Il y a des empreintes ailleurs ?

Jean-Marc tendit le bras dans la direction de la grille.

– Si tu veux les voir ?

François eut un mouvement d'épaules, accablé. Il reprit :

– C'est la première fois que tu en relèves ?

– Non… Mais ces jours derniers, elles étaient moins nettes. Beaucoup moins nettes. Tu sais à quoi je pense ?

– Je t'écoute.

– Oh ! Une idée absurde.

– Dis toujours.

– Ce n'était peut-être pas le même cheval.

– Quoi ?

– Maintenant que j'y réfléchis, les bruits qu'on entend ne sont pas toujours les mêmes.

François se prit la tête à deux mains.

– Non, Jean-Marc, non. Je t'en prie. N'en rajoute pas ! Il n'y a qu'un cheval. C'est déjà bien assez. Mais le fantôme d'un cheval… un fantôme qui traverse une grille… ne peut pas laisser l'empreinte d'un sabot. Ou alors il s'agit d'un cheval en chair et en os, mais dans ce cas… il ne peut traverser les murs… il ne peut se rendre invisible… Tu as parlé de ces empreintes aux Jaouen ?

– Non. Ils sont assez affolés comme ça.

Rageusement, d'un coup de pied, François éparpilla le sable.

– Tu as bien fait. Gardons cela pour nous !

Ils gagnèrent l'autre extrémité du château. Marguerite se tenait sur le seuil de la cuisine.

– Venez déjeuner !

François jeta un dernier coup d'œil, autour de lui. Une belle journée se préparait. Le soleil donnait aux antiques murailles un relief, une sorte de densité qui juraient avec les événements de la nuit. Un fantôme, ici ! Ce n'était pas pensable !

Marguerite embrassa François. Elle l'avait vu naître. Pour elle, il serait toujours le « petit ».

– Eh bien, tu es au courant, maintenant, murmura-t-elle. (Et elle se signa.) Que va penser M. Robion ?

– Mais voyons, s'écria François, ce n'est pas votre

faute, si cette chose s'est produite. Vous êtes ici pour écarter les rôdeurs, mais… pas cela.

Le vieux Jaouen apparut.

– C'est ce que je me tue à lui expliquer, dit-il. Les fantômes, par ici, ce n'est pas rare… Je me rappelle, l'année où je suis parti au régiment…

– Ne fais pas attention, chuchota Jean-Marc à l'oreille de François. Il y croit dur comme fer. De nous quatre, c'est lui le moins étonné.

Marguerite apporta la cafetière et la motte de beurre.

– Je n'ai pas eu le cœur à faire des rôties, pleurnicha-t-elle. Toutes ces choses me chavirent. Moi qui fais tellement attention à ce que tout soit toujours bien en ordre, et puis voir ça !

– On devrait peut-être prévenir monsieur le recteur, proposa Jaouen.

– Moi, je pense qu'il vaut mieux attendre l'arrivée de M. Robion, intervint Jean-Marc. C'est ce que nous avions décidé.

Jaouen vida lentement sa tasse.

– C'est peut-être un cheval qui se trompe d'endroit. On sent bien qu'il hésite, qu'il cherche quelque chose.

François n'osa pas parler du cavalier. Les pauvres Jaouen étaient suffisamment secoués.

– Moi, je ne dors plus, dit Marguerite. C'est déjà la quatrième nuit !

– Les chevaux, c'est comme les chiens, reprit Jaouen qui suivait son idée. Ça revient de très loin pour retrouver la maison. Qui sait d'où il revient, celui-là !

« Des croisades », faillit répondre François. L'image

lui plaisait. Il voyait le grand destrier, couvert d'une étoffe semée de fleurs de lys, l'écu accroché à la selle, traversant rivières et montagnes, depuis le pays des Infidèles, pour ramener au pays natal le chevalier blessé et inconscient. C'était un cheval blanc, un cheval couleur de clair de lune…

— Il paraît qu'il y avait des écuries, dans le temps, poursuivait Jaouen. C'est un touriste qui me l'a appris. Il lisait cela dans un livre. Elles étaient au pied de la tour nord.

Au pied de la tour nord ! À l'endroit où le cheval s'arrêtait…

— Pauvre bête, disait Jaouen. Elle sait où est le château, mais comme tout a changé, elle ne s'y reconnaît plus… Faut se mettre à sa place !

« Je rêve ! pensait François. Hier matin, j'étais à la gare Montparnasse, et maintenant on me parle d'un cheval fantôme qui ne parvient plus à s'orienter et j'approuve ; je trouve cela presque plausible ! D'ailleurs, je l'ai entendu, ce cheval ! Et je suis là, en train de boire tranquillement mon café. Je m'habitue. Voilà. Je m'habitue. Bientôt, si ce cheval cesse de venir, sur le coup de minuit, je serai déçu. Je lui en voudrai. Réveille-toi, Sans Atout ! Fais quelque chose ! »

— Moi, je vous l'ai déjà dit, je suis d'avis de garder le silence, reprit Jean-Marc. Il ne faut pas déprécier la propriété. Après tout, ce cheval, il ne fait de mal à personne ! La chose est curieuse, mais pas dramatique !

— Et si on se plaçait sur son passage, dit François. Qu'est-ce qui arriverait ?

– Mon Dieu, mon François ! s'écria Marguerite. Ne fais jamais ça !

– Vaut mieux pas essayer, dit Jaouen. On ne sait pas ce qui peut lui passer par la tête. Quand il verra qu'il n'y a plus de place pour lui, ici, il cherchera ailleurs. Ce n'est pas les châteaux qui manquent !

François se leva. La tête lui tournait un peu.

– Je vais faire ma toilette, dit-il. Après, j'irai voir la mer.

– Ne t'éloigne pas trop, recommanda Marguerite. Sois bien prudent.

François regagna sa chambre. Il avait hâte de sortir, d'échapper à cette atmosphère bizarre qui s'était si vite créée. Les Jaouen avaient peur, mais en même temps ils accueillaient le surnaturel sans révolte, tout comme leurs ancêtres. Même Jean-Marc, pourtant formé aux disciplines les plus rigoureusement scientifiques !

« Eh bien, pas moi ! se répétait François. Je ne marche pas. J'ai entendu, d'accord ! Il y avait, cette nuit, un cheval dans la propriété, d'accord. Mais on doit trouver une explication. Et je la trouverai ! »

Il sortit son rasoir électrique, un superbe rasoir américain qu'il s'était acheté avec ses économies d'un semestre. Il avait quelques poils de barbe et un soupçon de moustache. Planté devant la glace de la cheminée, il commença de promener le rasoir sur ses joues lisses, d'un air très absorbé. Pas besoin, au fait, de la brochure de l'abbé Flohic. Il y avait un guide de la Bretagne dans la bibliothèque. On devait y trouver quelques lignes sur Kermoal. François se lava en toute hâte, enfila un gros pull à col roulé et courut à la bibliothèque.

Le mot était un peu emphatique. En réalité, la petite armoire vitrée ainsi baptisée ne contenait que quelques revues, une vingtaine de romans, de vieux livres de prix, épaves venues s'échouer là au cours des années. François dénicha le guide sous un album de timbres sans valeur qu'il avait cependant collectionnés avec ardeur, peu de temps auparavant. Oui, Kermoal y était signalé. On ne l'avait jugé digne que d'une étoile. Le touriste curieux de monuments historiques apprenait que Kermoal avait été construit en 1160, puis à demi détruit par un incendie et restauré un siècle plus tard. Du Guesclin y avait passé quelques jours. Le donjon et une partie des fortifications avaient été ensuite rasés sur l'ordre de Richelieu. Un certain comte de Kelerden, à la fin du XVIIᵉ siècle, avait à son tour fait abattre les communs et redessiner la cour d'honneur. La grille datait de cette époque. Sous la Révolution, quelques escarmouches avaient eu lieu, autour du château, entre les Bleus et les Blancs et l'on pouvait encore voir, sur le rempart sud, des traces de canonnades.

Puis le château avait été acheté comme bien d'émigré, par un sieur de la Touche. Son histoire s'arrêtait là.

C'était peu. Aucun siège. Aucune de ces tragédies d'autrefois, de ces assauts, hache au poing, sous des jets d'huile bouillante. Le père Jaouen avait raison. Le cheval fantôme se fourvoyait. Il n'avait pas sa place ici. Pour la première fois, non sans tristesse, François comprit que Kermoal n'était qu'une ruine banale. Elle avait fait son temps. Peut-être était-il plus sage, en effet, de la vendre.

Une ligne était consacrée à la « chapelle Pardon », édifiée au XIIIᵉ siècle, à proximité de Kermoal, et classée monument historique. François l'avait complètement oubliée !... Mais le guide ne disait pas pourquoi elle était « classée ». Sans doute à cause du petit calvaire qui la flanquait. Il faudrait se renseigner plus avant. Rien de tout cela qui justifiât la présence d'un fantôme.

François traversa le château, sortit par la poterne sud, au-dessus de laquelle on pouvait encore distinguer les fameuses éraflures provoquées par les boulets des armées de la République. La mer était là. François courut sur l'étroit sentier qui descendait à la plage.

La chapelle Pardon

François, pantalon retroussé, jambes nues, marcha longtemps au bord des vagues. L'eau était froide, la plage déserte. De loin en loin, les mouettes tenaient conciliabule ; elles s'envolaient toutes ensemble à l'approche du garçon, laissant sur le sable mouillé les fines empreintes de leurs pattes. Et quand François se retournait pour mesurer la distance parcourue, il apercevait ses propres traces, là où il avait fait un crochet pour éviter une vague plus forte. Mais c'étaient des empreintes amies, des traces rassurantes. Tandis que l'autre !… Elle était absurde, l'autre ! Trop précise, trop matérielle. Un cheval fantôme n'a pas besoin d'être ferré. Il ne pèse rien, il flotte !

François fit demi-tour. C'était décidé. Il irait à Portsall, consulter l'abbé Flohic. Il avait besoin d'un confident. Le secret était trop lourd. Après tout, Marguerite avait raison : un homme de Dieu doit pouvoir expliquer les fantômes.

À son retour, il eut une surprise. Une puissante Jaguar stationnait dans la cour et le père Jaouen discutait avec deux hommes. Le plus grand portait une veste de chasse, une culotte de cheval et des leggins ; son compagnon, un ample pardessus de demi-saison.

– Le voilà justement ! dit Jaouen.

Les deux visiteurs se retournèrent et examinèrent François. D'emblée, ils lui déplurent. Ils venaient pour acheter, sans doute. Ils étaient donc des ennemis. Le plus grand s'avança.

– Je suis M. Duchizeau, dit-il. Je suis déjà venu... Ce matin, j'ai amené un ami que l'affaire intéresse. Est-ce que nous pourrions nous promener un peu dans le château ?

– Mon père sera là dans quelques jours, répondit François, sur la défensive.

– Oh ! Mais nous avons bien l'intention de le voir. Seulement, pour discuter utilement, il faut savoir de quoi on parle.

– ... et je suis pressé, acheva le petit.

Le moyen de refuser ! François était bien obligé de donner son accord, mais il tint à les accompagner. Ils commencèrent par les grandes pièces vides du corps principal.

– Les meubles ont disparu pendant la guerre, expliqua François. Du temps de mon grand-père, c'était plein de choses précieuses... J'ai toujours entendu dire qu'il y en avait pour une fortune ! Des bijoux anciens, de la vaisselle d'or et d'argent. Mon grand-père était un collectionneur qui faisait autorité, paraît-il.

– Mais il négligeait les toitures, observa Duchizeau.

Et il ajouta pour son ami :

– Si on voulait les refaire, j'ai calculé qu'il faudrait dépenser trois ou quatre cent mille francs. Vous vous rendez compte !

– Les murs sont solides, protesta François.

– Ils sont épais, dit Duchizeau. Ce n'est pas la même chose.

La visite devint rapidement un calvaire pour François. Duchizeau critiquait tout. Il avait tiré un carnet de sa poche et alignait des chiffres. L'autre écoutait, ne disait rien. Pauvre Kermoal ! Livré aux maquignons comme une bête à la foire !

– Ces tours, continuait Duchizeau. Elles sont inhabitables. Et vous voyez la place que ça prend ! Non, à mon avis, il faudrait coller là-dedans des bulldozers et tout raser. On ne peut pas faire du neuf avec du vieux. Votre projet d'hôtel est absolument irréalisable. Les gens veulent du confort, maintenant. De la vue, bien sûr. Mais, d'abord, du confort. Les greniers ! Vous n'avez pas vu les greniers ! Mon cher, c'est une curiosité !

C'était lui, maintenant, qui dirigeait la visite, qui ouvrait les portes. Du poing, il tapait sur les boiseries, sur les poutres.

– Du carton ! Tout est rongé. Tout s'en va en morceaux. Le climat, ici, est impitoyable. Il n'y a que le béton qui tient.

François suivait, les larmes aux yeux. Kermoal était condamné. C'était peut-être pour cette raison qu'il était revenu, ce cheval d'autrefois ! Il avait voulu rendre un dernier hommage à la vieille forteresse qui allait disparaître. Et, derrière les bourreaux, François appuyait la main, doucement, sur les lattes, sur les chevrons que l'homme avait insultés. Non ! Tout n'était pas pourri. Kermoal était capable de résister encore longtemps, mais il fallait l'aimer, le soigner, panser ses plaies.

— La situation est simple, concluait Duchizeau. Il n'y a que le terrain qui compte. Il est bien placé. Il ne vaut pas encore trop cher. Vous pouvez construire là-dessus une dizaine de bungalows, avec un petit centre commercial. Ajoutez, si vous voulez, une station-service. Vue sous cet angle, l'opération a des chances d'être rentable.

François prit son courage à deux mains.

— Non, dit-il.

Les deux hommes le regardèrent.

— Non, répéta François. Vous oubliez que la chapelle est un monument historique. Personne n'a le droit d'y toucher.

— La chapelle ? dit Duchizeau. Quelle chapelle ? Je ne l'ai pas encore vue.

— La chapelle Pardon. Elle est dans un creux de terrain, et si petite que personne ne la remarque. Je vous la montrerai, si vous voulez.

— Où est-elle ?

— À droite, en sortant. Tout près.

— Donc, en plein milieu du terrain, murmura le petit. Ça change tout.

Duchizeau, d'un grand geste, balaya l'objection.

— Mais non. J'ai des relations à Paris. J'arrangerai cela. Si on écoutait les Beaux-Arts, la France ne serait plus qu'un musée de bicoques et de taudis d'époque. Il faut laisser passer la vie, que diable !

Mais il était facile de voir que le petit homme n'était pas convaincu. La visite s'achevait en déroute, pour Duchizeau. Ils sortirent par la tour sud. Un moment, les deux hommes parlèrent à voix basse. Puis Duchizeau s'adressa hargneusement à François.

– On peut la voir, cette chapelle ?

– Mais, on la voit d'ici. Enfin, presque.

Ils contournèrent un éperon rocheux et découvrirent aussitôt la silhouette tourmentée du calvaire. Les vents, les pluies avaient usé tout un côté des visages de pierre : la mousse étendait ses plaques grises sur les bras de la croix. La petite chapelle, à côté, semblait aussi antique que les granits d'alentour. Elle aussi avait pris une couleur de dolmen. Un papillon jaune, le premier de la saison, voltigeait autour d'elle.

– C'est ça ? dit Duchizeau.

Il avança la tête. Depuis longtemps, il n'y avait plus de porte. On voyait un autel, qui ressemblait à une dalle funéraire. Des éclats d'ardoise le jonchaient, tombés du toit. Deux fenêtres, étroites comme des meurtrières, laissaient passer un jour frileux.

– Classer ça, reprit Duchizeau, c'est un monde !

– Mais les colonnettes du portail ont du charme, observa le petit homme. Il y a là un souvenir de l'art roman, et c'est assez exceptionnel dans ces régions.

– Bon. Je ne discute pas, répliqua Duchizeau. Chacun son goût. Moi, l'art roman !... Je verrais plutôt ici des garages, avec une route à travers la lande et, de ce côté, une vaste terrasse, surplombant la plage. Je crois vraiment qu'il y a quelque chose à faire. À mon avis…

Il tira son compagnon à l'écart et une vive discussion s'engagea, que François ne pouvait entendre.

– Vous n'avez plus besoin de moi ? cria-t-il.

– Non, merci, lança Duchizeau.

L'horrible bonhomme ! Indigné, François rebroussa chemin. Il trouva Jean-Marc au volant de sa 2 CV.

– Tu viens à Portsall ? dit Jean-Marc. Corvée de ravitaillement.

François s'assit près de lui.

– Ça m'arrange, déclara-t-il. J'ai justement quelques questions à poser à l'abbé Flohic. Il est toujours là-bas ?

– Oui… Mais il est maintenant curé de Notre-Dame.

– Tant mieux. Laisse-moi devant la cure.

– Tu veux lui parler du cheval ?

– Je veux surtout me renseigner sur Kermoal. Lui qui est un vieil érudit, il doit savoir des trucs que les autres ignorent.

– J'ai lu sa brochure et j'ai été déçu. C'est une succession de dates, de petits détails sans intérêt.

– Quand même… Il ne faut rien négliger.

Jean-Marc conduisait vite. La voiture entra bientôt dans le bourg et s'arrêta devant une maison aux fenêtres ornées de pots de fleurs.

– Reprends-moi ici dans une heure, dit François.

Il sonna et une vieille Bretonne, ridée et cassée comme une fée maligne, l'introduisit dans un salon qui sentait la cire fraîche.

– Monsieur le curé est pressé. C'est pour une confession ? Monsieur le curé confesse le soir, à partir de cinq heures.

– Non. Ce n'est pas pour une confession. C'est pour un renseignement.

Elle regarda les souliers de François, puis le parquet où les meubles se reflétaient, soupira et sortit.

– Mais c'est François, s'écria le prêtre, du seuil de la pièce. Comme tu as grandi ! Pas étonnant que la pauvre Louise ne t'ait pas reconnu. Ça va, tes études ?

– Ça va.

– Tout le monde est en bonne santé ?

– Mais oui, monsieur le curé. Mes parents vont bientôt arriver.

– Qu'est-ce qui t'amène ?

– Oh, rien de bien important. On travaille Chateaubriand, en ce moment, et je dois faire un exposé sur les légendes bretonnes. Alors, j'ai pensé à Kermoal. Il doit bien y avoir des légendes concernant un aussi vieux château.

« Ce que je peux être menteur, pensait François, à mesure qu'il improvisait. Mais je ne peux tout de même pas lui parler du cheval... Pas encore !... Et puis, c'est vrai qu'on potasse Chateaubriand ! »

– Des légendes ? Non, je ne vois pas... Du moins, pour Kermoal. J'en connais une, en revanche sur la chapelle Pardon. Elle est jolie, mais sans fondement historique. C'est pourquoi je n'en ai pas parlé dans mon opuscule.

Le prêtre prit une chaise et s'installa soigneusement. Il était vêtu d'une soutane, qu'il lissa d'un geste machinal.

– Le héros de cette légende, commença-t-il, est un cheval. Je vois que cela te surprend, mais notre folklore compte beaucoup d'animaux.

– Un cheval comment ? s'écria François, très excité.

– Ah, là, tu m'en demandes trop ! Un cheval de guerre, j'imagine, puisqu'il s'agit de la monture d'Alain de Brigognan. L'histoire remonte au XIIe siècle. Le seigneur de Brigognan habitait, à l'époque, un château près de Portsall. J'ai eu beau chercher, je n'ai retrouvé aucun vestige de ce château. Mais la chronique peut se tromper. Le château était peut-être Kermoal. Quoi qu'il en soit, son rival, le comte de Trevor, a bel et bien existé. Il habitait un manoir, non loin de Porspoder. Malheureusement, les Allemands ont fait sauter les quelques murs qui subsistaient pour construire des blockhaus.

– Et alors… le cheval ? dit François.

– J'y arrive. Brigognan, un jour, aurait abattu un cerf sur les terres du comte. J'aime mieux parler au conditionnel, parce que tout cela me paraît bien suspect. Le comte aurait défié Brigognan et serait venu le provoquer jusque sous les murs du château. Toujours d'après la légende, il serait venu seul, sur ce fameux cheval, à minuit, et aurait attendu Brigognan…

– Excusez-moi, monsieur le curé. J'ai eu un moment d'inattention. Vous veniez de dire que le comte avait provoqué Brigognan…

– Oui, et ils se battirent en duel sur la lande. Ce fut un combat acharné. Brigognan tomba, blessé à mort. Le comte, blessé lui aussi, eut la force de regagner son manoir, mais il avait perdu tant de sang que les soins de ses gens ne purent le sauver. Il fit appeler son chapelain et, comprenant un peu tard que son orgueil était la cause de tant de maux, il se repentit et ordonna qu'on envoyât son cheval à l'ennemi vaincu. Tu vois, nous sommes bien en pleine légende !

– Et le cheval… qu'est-ce qu'il fit ?

– Il retourna au château, ramena le moribond, et les deux adversaires se réconcilièrent sur leur lit de mort. La chapelle Pardon fut édifiée un peu plus tard, en souvenir de cet événement. La chapelle Pardon, l'idée est jolie si le fait est contestable. Mais, tu sais, les histoires de ce genre ne manquent pas. Elles courent encore nos campagnes. Il faudrait beaucoup de temps pour les recueillir. Les châteaux d'autrefois ont inspiré des conteurs de tout poil. Et maintenant le chercheur a bien du mal à démêler le vrai du faux.

– Ce cheval, vous ne croyez pas qu'il a existé, monsieur le curé ?

– Non. Franchement non.

– Et les revenants ? Vous n'y croyez pas non plus ?

Le prêtre hocha la tête.

– Je n'ai rien contre les miracles, dit-il. Mais il ne faut pas en abuser.

Il posa la main sur le bras de François.

– Kermoal est un bon vieux château, continua-t-il. Dieu merci, il ne s'y est jamais passé d'événements dramatiques. Aucun revenant ne s'y cache. Tu pourras dire cela à tes camarades, quand tu feras ton exposé.

– À Kermoal, peut-être pas, insista François. Mais au manoir de Trevor ?

– N'oublie pas qu'il a disparu. Et les fantômes sont comme les corneilles. Ils s'en vont quand sont dispersées les pierres qui les abritaient… Un chrétien ne croit pas aux fantômes !

– Eh bien ! je vous remercie, monsieur le curé.

Le prêtre et le garçon échangèrent quelques paroles de politesse et François se retrouva dans la rue, beaucoup plus troublé qu'il n'y paraissait.

Un nouveau visiteur

Jean-Marc ne tarda pas à paraître. Il prit François au passage.

– Alors ?… Le cheval ?

– Le cheval existe, dit François.

Et il raconta tout ce que le curé Flohic lui avait appris.

– Curieux ! murmura Jean-Marc. Ainsi, ce cheval porterait bien un cavalier !… Mais, pourquoi ne se serait-il jamais manifesté avant ces derniers jours ?

– Peut-être parce qu'il sait que le château va être vendu et sans doute rasé ?

– Nous commençons à dérailler, dit Jean-Marc.

– C'est aussi mon avis. Mais la plus mauvaise explication, au point où nous en sommes, vaut mieux que pas d'explication du tout. On verra, la nuit prochaine.

– Si le temps le permet, ajouta Jean-Marc. Mais on pourrait bien avoir un coup de chien. Le vent a tourné et la semaine sainte est toujours pluvieuse, par ici.

Une surprise les attendait au château. Dans la cour, une somptueuse limousine stationnait.

– Encore un acheteur ! soupira Jean-Marc.

– Et qui a des moyens, dit François. Une Bentley… avec un chauffeur.

Le chauffeur, en livrée vert olive à boutons blancs, lisait un journal qu'il avait appuyé sur le volant. Il ne leva même pas les yeux quand la 2 CV passa près de sa voiture.

– Cette fois, fit François, la partie est perdue !

Il bondit hors de la 2 CV et courut se renseigner auprès de Marguerite. Mais il se heurta à un gros homme blond, que Jaouen accompagnait.

– C'est le fils de M. Robion, annonça Jaouen.

L'homme tendit la main, en même temps qu'il se présentait.

– Van der Troost… Enchanté.

Il portait un costume gris, très chic, mais que son embonpoint déformait. Il paraissait enjoué, heureux de vivre, et attirait tout de suite la sympathie.

– J'habite Amsterdam, déclara-t-il. J'ai l'intention d'acheter une propriété dans ce… dans cet… je veux dire : ici… J'adore. Excusez, s'il vous plaît… Je parle pas très bien français.

– C'est le notaire qui vous envoie ? demanda François.

– *Ja.* C'est le notaire.

– Il vous a indiqué le prix ?

– *Ja.* Prix très intéressant. Beau château.

– Vous arrivez d'Amsterdam ?

– Pas… Pas d'Amsterdam… de Porspoder. J'ai loué une villa, « Les Mouettes », pour ma famille qui va bientôt me rejoindre.

François dressa l'oreille. Qui donc lui avait récemment parlé de Porspoder ? Ah ! c'était le curé Flohic, à propos du comte de Trevor. Drôle de coïncidence !

Van der Troost sortit d'une poche intérieure un luxueux étui, choisit un cigare qu'il alluma avec un briquet d'or.

— La visite est permise ? fit-il.

— Bien sûr, répondit François, à regret.

Il précéda le Hollandais. L'homme lui plaisait mais son évidente richesse lui faisait peur. Il se lança dans les explications habituelles : château pillé pendant la guerre, objets d'art enlevés… Il appuya sur la fortune du grand-père Robion, par fierté. Ce Van der Troost ne devait pas s'imaginer qu'il avait affaire à des gens de peu. Si l'on vendait, c'était par convenance personnelle.

— La guerre… Horrible ! répétait le Hollandais.

François pensait que Van der Troost allait émettre des critiques, comme Duchizeau. Pas du tout. Il admirait. Il était enthousiaste. C'était François, maintenant, qui cherchait à le dégoûter. Il frappait sur les boiseries, du plat de la main.

— Du carton ! Tout est rongé ! Tout s'en va en morceaux !

Les mots même de Duchizeau. Mais Van der Troost souriait :

— Mon entreprise réparera, répondait-il.

Ce fut ainsi que François apprit ce que faisait le Hollandais. Il dirigeait des cimenteries. « Voilà bien ma chance, songea François. Parmi tous les acheteurs possibles, il m'a fallu tomber sur le seul qui fût capable de restaurer Kermoal sans bourse délier. »

— Il faudrait tout raser, fit-il, en surveillant Van der Troost à la dérobée.

Le Hollandais sursauta :

— Jamais ! s'écria-t-il. Trop belle demeure.

— Et encore, ce n'est rien, continuait François, emporté par le démon de la contradiction. Si vous aviez vu, autrefois, quand il y avait le donjon !

— Je ferai reconstruire… donjon, dit Van der Troost, imperturbable.

François abandonna la lutte. Mais Van der Troost, impitoyable, voulut aussi faire quelques pas dans la lande. Il se comportait déjà en propriétaire. Ils avancèrent parmi les bouquets d'ajoncs et d'épines noires.

— Et cette petite chose ? demanda-t-il.

— C'est une vieille chapelle, dit négligemment François.

— Elle est… historique, elle aussi ?

— Évidemment !

— Très intéressant ! J'adore !

L'animal ! Il adorait tout, à condition que ce fût délabré. Il était bien capable de faire bâtir des ruines !

La pluie commença à tomber, ce fin crachin qui passe sur le visage comme une haleine. Van der Troost, impassible, regardait autour de lui, réfléchissait.

— J'aimerais connaître l'histoire… de tout, dit-il, et sa main fit le tour de l'horizon.

François était honnête. Il hésita à peine.

— Je peux vous raconter celle de cette chapelle,

dit-il. Mais, entrons nous mettre à l'abri. Sinon, nous allons être trempés.

Et tandis qu'ils se serraient l'un contre l'autre, dans l'étroit édifice, François raconta l'histoire de la chapelle Pardon. Et, dans le demi-jour, voilà que cette histoire prenait un accent de vérité qui bouleversait François. La pluie courait sur la lande, la mer grondait. Peut-être y avait-il quelque part, non loin d'eux, un cheval de brume qui errait.

Le Hollandais, la bouche entrouverte, écoutait avec une sorte de passion émerveillée.

– Splendide ! murmura-t-il. Ma famille adorera.

Il consulta sa montre.

– Oh ! Je crois que j'abuse… Je dois m'en aller.

Ils filèrent, à demi courbés sous l'averse. Le chauffeur sortit de la limousine, enleva sa casquette, ouvrit la portière. Il était merveilleusement stylé. Van der Troost s'engouffra dans la Bentley, tendit la main.

– Au revoir. Très magnifique… Je reviendrai.

La Bentley sembla glisser. Elle s'éloigna sans bruit et, comme elle était grise, elle s'effaça tout de suite dans la pluie.

– Viens te chauffer, dit Marguerite. Tu vas attraper du mal.

Ils étaient là, tous les trois, les deux vieux Jaouen et Jean-Marc, qui tenaient conciliabule.

– Cette fois, dit Jaouen, j'ai l'impression que c'est sérieux. C'est-y possible d'être aussi riche !

Était-ce le temps, la fatigue ? Ils paraissaient accablés.

— Tu lui as parlé du cheval ? demanda Jean-Marc.

— Non, tu penses bien ! Je lui ai seulement raconté l'histoire de la chapelle. Mais j'ai bien l'impression qu'il serait ravi d'acheter, en plus, un cheval fantôme.

Marguerite leva les yeux vers le ciel.

— Il ne faut pas plaisanter, mon François.

Jaouen vint se planter sur le seuil.

— Il y aura de la tempête cette nuit, décida-t-il. M'étonnerait qu'on entende quelque chose.

— Nous veillerons tous ensemble, dit Marguerite, la main sur l'épaule de François.

Peu à peu, ils oubliaient Van der Troost. Ils ne pensaient plus qu'à la nuit qui allait venir.

Les heures s'écoulèrent, mornes, interminables. Le vent gagnait sans cesse en force. Jaouen parcourait les greniers, écoutait. Il y avait un peu partout des bassines, des baquets, qui recueillaient l'eau des gouttières. Par un temps pareil, de nouvelles voies d'eau se déclareraient certainement. Jean-Marc bricolait, dans son laboratoire. À côté de sa chambre, il s'était monté un petit atelier, très complet, et, à ses moments perdus, construisait des modèles réduits qui étaient télécommandés.

François, lui, se promenait dans le château, peut-être pour la dernière fois, si ce Van der Troost brusquait les choses. Il essayait de reconstituer, en imagination, les salles telles qu'elles étaient avant sa naissance. Il avait vu les photographies des collections. Il n'avait pas parlé des tableaux, mais le salon avait été décoré par de nombreuses toiles peintes par son grand-père. La bibliothèque avait contenu des ouvrages précieux. Tout avait disparu. Tout avait été pillé par les troupes en garnison au château. Quelle tristesse !… L'odeur du cigare de Van der Troost flottait encore dans les salles : l'odeur du nouveau maître ! « J'aurais mieux fait de rester à Paris ! » murmura François.

La nuit descendit de bonne heure. Ils dînèrent tous les quatre, silencieusement. La pluie ne tombait plus, mais ce n'était qu'une trêve ; on entendait rouler le tonnerre, au loin.

– Une nuit à ne pas mettre un chien dehors ! murmura Jaouen.

Mais un cheval ? Un cheval immatériel, vivant hors du temps ?

François se posa la question. La réponse ne faisait aucun doute. Le cheval viendrait et remporterait l'ombre douloureuse de Brigognan.

Veillée d'armes

Ils se sont installés dans la chambre de François. Une flambée crépite joyeusement, mais ils sont tendus, anxieux. Jean-Marc a amené des fauteuils de la chambre voisine. Jaouen a apporté un pichet de cidre et Marguerite, des crêpes. De temps en temps, de grands éclairs bleus les font sursauter tous les quatre. C'est la tempête d'équinoxe, avec ses rafales, ses brusques accalmies et, à nouveau, ses assauts qu'un grondement de tonnerre accompagne parfois.

François essaie de réfléchir, de se concentrer, mais ses pensées s'évadent. Elles courent la campagne. Devant une situation absurde, comment former une idée sensée ? François a beau faire, il imagine toujours un cheval vrai, de chair et d'os. Il songe, par exemple, à tirer sur lui, avec le fusil de chasse de Jaouen. Ou bien, il se dit : « Si l'on tendait une corde, un fil de fer, sur son passage ? » Son esprit se refuse à admettre que ce cheval n'a pas d'épaisseur, de consistance, de substance. Peut-être n'existe-t-il que dans la tête de ceux qui écoutent ?

Marguerite, quand elle n'égrène pas son chapelet, emplit les verres, offre des crêpes. Jean-Marc surveille sa montre. Jaouen fume, à lourdes bouffées. François marche, de la cheminée à la fenêtre, de la fenêtre à la cheminée. Le bruit du vent risque de masquer celui des sabots et, comme la lune demeure invisible, on veille peut-être pour rien. En revanche, le cheval laissera sûrement des traces sur le sol mouillé. Ou bien, il ne viendra pas. Et François recommence à ruminer les mêmes pensées : « … ce n'est pas un cheval… si, c'est bien un cheval… il n'y a peut-être pas de cheval du tout… J'éluciderai ce mystère… Il y a là quelque chose qui nous dépasse… » Litanie de l'impuissance !

— Ça ne va pas tarder ! annonce Jean-Marc.

Marguerite pousse un gémissement. Jaouen vide sa pipe sur la pierre du foyer et s'embusque au coin de la fenêtre.

— Il fait noir comme dans un four, grogne-t-il.

— On pourrait ouvrir les persiennes, propose Jean-Marc.

— Non, crie Marguerite. J'aurais trop peur !

Son mari hausse les épaules et, tout doucement, écarte les persiennes. Mais la bourrasque les referme aussitôt. Alors Jaouen prend les grands moyens ; il claque les persiennes sur les murs, les accroche solidement. Un coup de vent se rue dans la chambre et une gerbe d'étincelles jaillit dans la cheminée. La nuit est entrée, froide, humide, vivante. La mer roule puissamment, à l'angle du château.

— Mon Dieu ! Mon Dieu ! répète Marguerite, en allant se blottir dans l'angle le plus reculé de la pièce.

– Minuit moins trois ! dit Jean-Marc.

Comment ce cheval de l'au-delà peut-il savoir l'heure ? La lune se montre, soudain, au milieu d'une flaque de ciel clair, laissant apercevoir des nuages qui s'effilochent à toute allure.

– Le voilà, murmure Jaouen.

Ils se pressent tous les trois devant la fenêtre. Ils se penchent. Ils se tiennent par les épaules comme pour mieux affronter le danger. Un hennissement retentit du côté de la grille. Ils tendent l'oreille. Plus rien.

– C'est le mur qui nous empêche d'entendre, chuchote Jean-Marc.

La lune disparaît brusquement derrière des nuées molles et des gouttes d'eau les frappent au visage.

– Oh ! Cette fois, c'est lui ! dit Jean-Marc.

– Chut !

Ils se penchent davantage. Oui ! Les sabots résonnent sur le sol. On a l'impression que le cheval caracole ou bien qu'il prend peur et amorce un galop tout de suite retenu. Ce ne sont pas du tout les mêmes bruits que la veille. Parce que les yeux ne distinguent rien, les sons prennent un relief angoissant. Le cheval trotte, il va passer l'angle du mur.

– Il suit toujours le même itinéraire, remarque Jaouen, à voix basse.

– Chut !

Le voilà arrêté. Il gratte le sol d'un fer irrité, souffle, agite la tête. Le cliquetis de la gourmette leur parvient nettement et jusqu'au grincement des cuirs. Il se rapproche. Encore un hennissement étouffé, puis un temps de trot qui l'amène sous la fenêtre. Il respire bruyamment, comme s'il était maîtrisé par une poigne de fer. Il s'agite sur place, recule. Cette fois, ils sentent tous les trois que la bête est montée par un invisible cavalier.

Soudain, éclate un éclair intense, qui illumine la lande déserte, le pied de la muraille, et les trois visages qui se jettent en arrière du même mouvement. La détonation roule, se répercute en échos qui s'enfoncent de plus en plus loin. Le cheval n'a pas bougé. Il est toujours là, arrêté au même endroit que la veille. Il mâche son mors et piaffe, de temps en temps.

– Revenez ! supplie Marguerite, du fond de la chambre.

Ils se taisent. Ils se posent la même question : « Qu'est-ce que le cavalier peut bien attendre ? » Une idée folle glace François. Et si l'homme avait mis pied à terre ? S'il était entré ? Après tout, il n'a qu'à traverser le mur du grand salon ! Mais ce ne serait pas conforme à la légende. Le cheval du comte de Trevor a d'abord conduit son maître au château, puis il est revenu chercher Brigognan moribond.

Ah ! Le cheval vient de se déplacer. Il fait demi-tour. François se dégage, court à sa valise, dans la penderie. Vite ! La torche ! Bon sang ! Elle était là, ce matin. La torche ! Ça y est ! Je la tiens… Il revient, s'accroche au père Jaouen pour ne pas tomber, et, le buste hors de la fenêtre, à bout de bras, il allume la lampe. Le faisceau lumineux tâtonne ; il court parmi les ajoncs, saute d'un rocher à l'autre : rien… Quelques gouttes qui font des ronds dans les flaques… et pourtant le cheval est là. Son pas le situe à quelques mètres. La lumière vient s'ajuster sur le bruit. Elle l'éclaire. Le cheval est là, invisible, sous le feu de la torche. Encore quelques pas, que la lampe accompagne.

Ils écarquillent les yeux, tous les trois, comme si, au prix d'une attention plus grande, ils devaient enfin distinguer, dans les plis mouvants de la nuit, la forme imprécise du cheval. Mais il n'y a rien à voir. Un claquement de langue. François se redresse.

— Vous l'avez entendu ?

Oui. Ils ont entendu.

— Ça, alors ! dit Jean-Marc.

Le cheval a repris sa marche vers la grille. François éteint sa lampe. Le claquement des sabots diminue. Le cheval rentre à Porspoder, au manoir du comte de Trevor.

Jaouen referme les persiennes, se secoue. Il est gelé. Les deux garçons frissonnent, eux aussi. Ils viennent s'accroupir devant le feu. Jaouen tisonne, jette des bûches.

— Vous voilà bien avancés, murmure Marguerite. Ce cheval nous fera mourir, si ça continue.

— C'est un monde ! grogne Jaouen.

Il se verse un coup de cidre, pour se réchauffer. François attrape une crêpe, commence à la déchiqueter, machinalement. Il est encore sous le coup de l'émotion. Et que dire ? Que penser ? Que faire ?

— Je ne vais plus pouvoir dormir ici, gémit Marguerite. La nuit prochaine, j'irai à Portsall, chez ma sœur.

– Et le petit ? Tu le laisseras seul ? dit Jaouen.

– Non. Bien sûr.

– Alors ?

– J'irai voir monsieur le recteur, décide Marguerite.

– François l'a vu... hier matin, dit Jean-Marc.

– C'est vrai, mon François ?

– Oh ! répond François, comme ça... pour parler. Il ne croit pas aux fantômes.

– Il n'a peut-être pas tout à fait raison, intervient Jaouen. La preuve ! Si ce n'est pas un fantôme qu'on a entendu, qu'est-ce que c'est, hein ?... Je voudrais bien le savoir.

– Ce qui me chiffonne, reprend François, c'est que les bruits varient, d'un soir à l'autre. Je ne suis pas très calé sur les fantômes, mais enfin, d'après les histoires que j'ai lues, comme tout le monde, les fantômes apparaissent toujours au même endroit et font toujours la même chose. Tandis que ce cheval, ce n'est pas pareil. Ce soir, par exemple, il est resté arrêté plus longtemps qu'hier.

– Il suit toujours la même route, objecte Jean-Marc.

– Oui, mais il se comporte différemment, selon les moments. Et puis, il y a encore autre chose. Il me semble bien que les bruits ne sont pas toujours ceux qu'on devrait entendre. Tenez... quand il a passé l'angle du mur... il y a, à cet endroit, des cailloux et de la terre battue, n'est-ce pas ?... Pourtant, ses sabots sonnaient clair.

– Mais, dit Jean-Marc, ce qu'on entend, ce sont peut-être les bruits que le cheval faisait autrefois ; par exemple, dans une cour qui n'était pas pavée de la même manière.

– Des bruits fantômes ?

– Pourquoi pas !

– L'empreinte, elle, n'était pas une empreinte fantôme !

– Quelle empreinte ? demande Jaouen.

François a eu la langue trop longue. Tant pis ! Il explique la découverte de la veille, le fer imprimé dans la terre. Cette révélation plonge Jaouen dans la stupeur et Marguerite dans la terreur.

– C'est ça que je ne comprends pas, poursuit François. Cette empreinte est de trop.

– C'est peut-être à cet endroit que quelqu'un s'est hissé sur le dos du cheval, dit Jean-Marc… Quelqu'un de lourd !

– Allons donc !

– Mais si, justement. La mission qui a été confiée au cheval par son maître a certainement été l'événement marquant de la vie de cette bête. C'est pourquoi, quand l'animal se manifeste, il revit tous les événements de cette nuit extraordinaire jusque dans le plus petit détail.

– Quelle mission ? s'écrie Jaouen. Qu'est-ce que c'est encore que cette histoire ?

– Cette histoire, commence François, je la tiens de la bouche de monsieur le curé Flohic.

Et, pour les Jaouen qui l'écoutent, bouche bée, il relate le duel du comte de Trevor et du seigneur de Brigognan, la chevauchée nocturne, la réconciliation des deux adversaires, la construction de la chapelle Pardon.

— Tu vois bien, mon François, que c'est un fantôme, murmure Marguerite. Qu'avons-nous fait au bon Dieu pour qu'il nous envoie cette calamité !

Jaouen suce sa pipe en silence.

— Cette chapelle, dit-il enfin, elle n'a l'air de rien, et puis…

Il ne précise pas autrement sa pensée. Lui aussi, il a de la peine à formuler une opinion nette.

— Bon. Eh bien, moi, je vais me coucher, déclare Jean-Marc. Au diable, ce cheval ! On ne va pas s'empoisonner l'existence parce que, toutes les nuits, un cheval vient se balader devant le château !

Il fait le brave, mais on le sent troublé et perplexe. Cependant, c'est lui qui a raison. Le phénomène est peut-être bouleversant, mais il ne crée aucun péril. Autant essayer de dormir !

On se souhaite le bonsoir, du bout des lèvres. François reste seul. Il attend un long moment. Quand il est sûr que les Jaouen sont au lit, il saisit au portemanteau son imperméable, le boutonne étroitement, à cause du vent. La main sur la poignée de la porte, il hésite encore, regarde l'heure à sa montre : une heure ! Le creux de la nuit. Est-ce bien prudent de sortir ? François se demande s'il ne vaudrait pas mieux dormir. Mais l'autre lui-même, celui qui doute encore, qui estime que les énigmes sont faites pour être résolues, Sans Atout enfin, est d'un autre avis. Le cheval est parti. Mais est-il bien venu ? Il faut essayer de savoir.

Un blessé

Sans Atout descend l'escalier à pas de loup, ouvre la porte. La pluie s'est remise à tomber : une pluie serrée qui lui pique le visage. Il faut faire vite. Tout à l'heure, il n'y aura plus d'empreintes. Il court à la grille, d'une traite, puis fait demi-tour et, le dos courbé, sa lampe fouillant le sol, commence son enquête. Du premier coup, il découvre une magnifique empreinte de fer à cheval, un fer auquel il ne manque, cette fois, aucun clou. Il en trouve une autre, sur le sable, un peu plus loin ; une encore, au pied d'un rocher. Et une autre, dépassé l'angle du mur, juste sous la fenêtre de la chambre d'où ils guettaient. Quelques enjambées encore, et soudain, Sans Atout sursaute. Il a beau être décidé, la lampe tremble dans sa main.

Presque à l'autre angle du château, à l'endroit où le cheval s'est arrêté, un corps est étendu, à plat ventre, la tête tournée vers la mer.

Le seigneur de Brigognan ! Ridicule ! L'homme porte un long imperméable noir, sur lequel la pluie crépite. Aucune trace de sang. Il a dû s'assommer dans sa chute. Mais quelle chute ? Il ne montait pas le cheval fantôme. D'où vient-il ? Que cherchait-il au château ? S'est-il battu ? Contre qui ? Pourquoi ?... Ah ! Qu'est-ce qu'il tient dans sa main droite ?... Sans Atout écarte les doigts de l'inconnu. C'est un bouton de métal, blanc, plat, qu'il a sans doute arraché, pendant le corps-à-corps. Sans Atout le glisse dans sa poche. On verra plus tard. Pour l'instant, il faut mettre le blessé à l'abri...

Il court réveiller les Jaouen. Marguerite va mettre des draps dans le lit d'une des chambres d'amis. Il y en a plusieurs, qui donnent sur la mer. Jaouen sort de la remise sa brouette de jardinier. Jean-Marc rassemble le petit matériel qui constitue la pharmacie du château. L'inconnu est chargé sur la brouette. Il est toujours évanoui. Il est très maigre et ne pèse pas lourd. On peut manipuler son grand corps sans trop de mal. Sans Atout lui retire son imperméable. Il y a quelque chose qui pèse, dans une poche. Une arme ?... Pendant que les Jaouen installent l'homme sur le lit, Sans Atout plonge la main dans la poche et ce qu'il ramène le stupéfie.

C'est une petite statuette brillante... de l'or massif... et elle représente un cheval qui, ramassé sur ses jarrets, bat l'air de ses pattes de devant et secoue furieusement sa crinière.

– Regardez ! s'écrie-t-il.

Il pose le cheval sur la table. Les Jaouen n'osent pas le toucher, mais Jean-Marc l'empoigne, le soupèse.

– Sapristi !... Si c'est de l'or !

74

– Mais c'est de l'or, dit Sans Atout. Et regardez comme le mouvement est joli, comme les proportions sont justes… C'est un objet d'art, à coup sûr.

– Mais… quel rapport avec notre cheval à nous ? demande Jean-Marc.

– Ah ! Ça… Il nous renseignera quand il aura repris connaissance.

Ils reviennent tous les trois auprès du blessé. Sans Atout montre une bosse énorme, couleur de prune, qui commence à se former sur le côté de la tête de l'homme.

– Un sacré coup, dit Jaouen. Pourvu qu'il n'ait pas le crâne fracturé !

Déjà Marguerite revient avec de l'eau tiède, de l'ouate. Dans les circonstances graves, elle est infiniment précieuse, toujours diligente, avisée, et ne plaignant pas sa peine. Elle lave doucement la blessure.

– Déshabillez-le, dit-elle, pendant que je vais chercher un autre oreiller.

On lui retire avec précaution veste et pantalon.

– C'est tout de même curieux, remarque Sans Atout. Il n'a rien dans les poches, ni porte-carte, ni portefeuille. Pas l'ombre d'un papier. C'est à n'y rien comprendre !

L'homme gémit, mais ne reprend pas connaissance. Ils l'examinent tous les quatre, ce mystérieux blessé qui a été abattu là où s'est arrêté le fantôme du cheval. Là où le comte de Trevor a frappé à mort le seigneur de Brigognan. Il a un visage mince, avec des sourcils qui se rejoignent au-dessus du nez, ce qui lui donne un air brutal. Et puis, ils examinent le petit cheval d'or, cabré, prêt à frapper, et ils ont, au même instant, la même idée.

– Un coup de sabot, dit Sans Atout.

L'hypothèse est folle, mais l'énorme ecchymose qui s'étend jusqu'à la joue de l'homme aurait bien pu être provoquée, en effet, par un coup de pied.

– Les gendarmes décideront, tranche Sans Atout. Ça les regarde autant que nous. Jean-Marc, va téléphoner. Dis-leur qu'ils viennent tout de suite, qu'on a un blessé qui est peut-être très sérieusement atteint.

– M. Robion ne sera pas content, se lamente Marguerite.

– Au contraire, dit Sans Atout. Il verra qu'on sait se débrouiller !

En attendant le retour de Jean-Marc, il reprend le petit cheval d'or, le tourne et le retourne. Il y a peut-être un secret, quelque chose qui se dévisse ?… Mais surtout, où est le rapport entre les deux chevaux ? Il y en a un, forcément ! Sinon, la coïncidence serait bien trop étonnante. Sans Atout ne manque certes pas d'imagination, mais il n'aperçoit pas l'ombre d'un début d'explication. Le grand cheval a disparu et il a laissé derrière lui cet enfant cheval, comme une sorte de signe. Mais qu'est-ce qu'il veut dire, ce signe ?

Jean-Marc revient, furieux.

– Le téléphone ne marche plus. La tempête a probablement endommagé la ligne.

– Ça arrive souvent, dit Jaouen. Eh bien, mon petit gars, tu n'as plus qu'à sauter dans ta 2 CV et à aller à

Lannilis. Tu comprends bien qu'on ne peut pas rester avec cet homme sur les bras. Ramène aussi un médecin.

— Il est trois heures, observe Jean-Marc. Ils vont m'envoyer promener.

— Je t'accompagne, lance Sans Atout. Pendant que tu réveilleras un médecin, je raconterai l'histoire aux gendarmes.

— Couvrez-vous bien, leur crie Marguerite.

La recommandation n'est pas superflue. La pluie redouble. Sans Atout passe dans sa chambre. Comme sa mère a eu raison de le forcer à emporter un cache-nez ! Il s'équipe chaudement et, plié sous les bourrasques, court rejoindre Jean-Marc dans la remise. Il le trouve le buste engagé sous le capot.

— Je ne sais pas ce qu'elle a, cette saleté de bagnole ! tempête-t-il. Elle refuse de partir. Tu veux tirer sur le démarreur ?

Au bout de quelques minutes d'efforts, il faut se rendre à l'évidence : la voiture est en panne.

— Décidément, je n'y comprends rien, reprend Jean-Marc. Ce n'est pas une panne comme les autres.

— Tu crois qu'on aurait trafiqué ton moteur ? interroge Sans Atout.

— Qu'est-ce que tu vas chercher là !

— En tout cas, nous sommes coincés ici. Pas de téléphone, pas de voiture. Impossible de prévenir la gendarmerie.

Jean-Marc a un geste d'impuissance. Pensif, Sans Atout fait lentement le tour de la 2 CV. Cette idée de sabotage s'impose de plus en plus à son esprit ; et, après tant d'événements mystérieux, elle n'est pas faite pour le rassurer.

– Ne restons pas là, dit Jean-Marc.

Ils reviennent précipitamment. Jaouen les accueille, un doigt sur les lèvres.

– J'ai l'impression qu'il s'est endormi.

– Tant mieux, murmure Jean-Marc, parce que la voiture refuse de partir. Je ne sais pas ce qu'elle a. Et comme il n'est pas question de prendre un vélo par un temps pareil, on n'aura les gendarmes que dans la matinée.

Jaouen se tourne vers Marguerite :

– Tu devrais bien aller te coucher.

Elle proteste aussitôt :

– Je ne suis pas plus fatiguée que toi.

Une discussion s'engage à voix basse, à laquelle Jean-Marc met fin, fermement.

– On n'a pas besoin d'être quatre à le garder, dit-il. Dans l'état où il est, il n'est pas dangereux. François et moi, nous veillerons à tour de rôle : c'est le plus simple. Bonsoir.

Jean-Marc a beaucoup d'autorité sur eux. Ils n'insistent pas, et, après leur départ, Jean-Marc approche un fauteuil du lit du blessé.

– Je prends la première veille, décide-t-il. Dans deux heures, j'irai te réveiller. Tu ne tiens plus debout, mon pauvre vieux. Fais un bon somme.

François se laisse d'autant plus facilement convaincre que ses yeux se ferment. Il regagne sa chambre et se met au lit. Cependant, il est encore assez lucide pour repenser à tout ce qui s'est passé depuis son arrivée à Kermoal… Ce qui le frappe, surtout, c'est que la légende de la chapelle Pardon semble, en quelque sorte, reprendre vie. D'abord, il y a eu le cheval… maintenant, il y a le blessé… et ce blessé, le cheval doit le ramener à son maître. C'est sa mission ! Seulement, il est évident que le cheval ne reviendra pas chercher le blessé… C'est là où la réalité va mettre la légende en échec. Et puis, la légende n'explique pas le petit cheval d'or.

Peu à peu, François commence à confondre le cheval d'or et le cheval fantôme… Et soudain, il bascule dans le sommeil. Il rêve.

Il est avec ses camarades, au lycée… Il a perdu son cahier d'algèbre… Il cherche, et, sortant de la classe, il débouche sur la plage. Il tient en laisse le petit cheval d'or, qui trottine près de lui. De temps en temps, ils échangent quelques paroles. Ils s'entendent très bien. « Tu monteras sur mon dos, quand je serai grand », dit le petit cheval. François se retourne et s'agite. « Non ! Non ! Va-t'en ! »

Le petit cheval est devenu un énorme animal jaune d'or. Il veut forcer François à monter sur son dos. François s'enfuit. Il est dans le château et le cheval le poursuit. On entend pétarader ses fers sur les planchers et dans les couloirs. François a beau fermer les portes ; le cheval filtre par les interstices, se reforme comme un nuage et reprend son galop. Il a une voix caverneuse. Quand il crie : « François ! François ! », le château tremble. François ne sait plus où se fourrer.

Il rampe et soudain perd l'équilibre, a juste le temps de se rattraper aux couvertures. Il se réveille, la moitié du corps dans le vide et le ventre encore noué par l'émotion. Il s'assied, la respiration saccadée comme s'il avait couru longtemps. Il bâille, se passe la main dans les cheveux. « Serait temps que ça finisse ! pense-t-il. Quelle heure est-il ? »

Il sursaute. Quoi ! Six heures ! Jean-Marc aurait dû le réveiller depuis longtemps. Bien sûr, c'est gentil de vouloir tout faire seul, mais François ne l'entend pas de cette oreille. Il enfile ses vêtements en maugréant. Non ! Ce n'est pas chic ! Un coup de peigne en vitesse. François suit le long couloir et s'arrête. La porte de la chambre est ouverte, laissant voir une partie de la pièce. Le lit est vide. La statuette a disparu.

François s'avance. Il a un peu peur. La porte bute contre un corps. Mon Dieu ! C'est Jean-Marc ! François s'agenouille près de lui, cherchant la trace d'un coup, mais Jean-Marc ne paraît pas blessé.

— Jean-Marc… C'est moi, François.

Jean-Marc bouge, essaie de se redresser sur un coude.

— Le cheval… dit-il. Le cheval…

— Il a disparu.

Jean-Marc a les yeux vagues. Il répète : « disparu… disparu… », sans avoir l'air de comprendre. Il fait un immense effort, secoue la tête.

— Pas le petit, murmure-t-il. L'autre.

— Quel autre ? Il n'y en a pas d'autre, mon vieux.

Jean-Marc ouvre et ferme la bouche comme s'il avait très soif. Il n'arrive pas à parler. Alors, il tend le bras vers le lit. François suit le mouvement de sa main et aperçoit sur le drap qui traîne jusqu'au sol une tache brune. Il lâche Jean-Marc et s'approche. Aucun doute. C'est bien la marque d'un sabot. Elle est identique à celles qu'il a relevées sur le sol. Il se retourne vers Jean-Marc :

– Le cheval fantôme ?

Jean-Marc dit oui, d'un signe de tête. Ainsi, c'est bien vrai ! François n'a pas rêvé ! Le cheval était bien dans le château, à la recherche du blessé.

Jean-Marc s'est assis et se tient la tête.

– Tu l'as vu ? demande François.

– Il s'est approché par-derrière et je suis tombé.

– Raconte-moi tout.

Le bouton de métal

Jean-Marc se massa les yeux puis se remit debout péniblement.

– Je somnolais, dit-il. Excuse-moi, mon vieux ; c'est vrai, je somnolais. Après tout, le bonhomme n'avait besoin de rien et, s'il avait remué, je l'aurais entendu. À un moment donné, j'ai eu l'impression que la porte s'ouvrait, derrière moi. Je sentais un courant d'air sur le cou, mais vaguement, et j'étais trop engourdi pour réagir. Et puis, j'ai entendu le vent, de plus en plus distinctement et je me rappelle que je me suis dit : « Ça souffle aussi fort qu'en 65, le jour de la tornade. » Mais je devais dormir plus profondément que je ne le pensais, car je n'avais aucune envie d'aller voir ce qui se passait. Et alors, j'ai commencé à repérer le claquement des sabots, mais sur un bruit de fond qui l'étouffait plus qu'à moitié. Je crois bien que j'ai tendu la main vers le petit cheval, sur la table. Peut-être même lui ai-je dit de rester tranquille !

– Tu rêvais !

– Je me demande, en effet, si je n'ai pas rêvé. Tout

se mélange dans ma tête… Ce qui est sûr, c'est que l'on respirait derrière moi. De plus en plus fort… et, brusquement, j'ai eu la certitude que le cheval, l'autre, le vrai, le cheval fantôme était dans la chambre. J'ai voulu me lever. J'étais dans un état de panique comme je n'en avais jamais connu… Je me suis évanoui.

Jean-Marc se palpait la nuque.

– J'ai cru qu'on m'assommait… non… c'est le choc de mon crâne sur le parquet… J'ai roulé en avant.

Les couleurs de la vie lui revenaient.

– Franchement, conclut-il, j'ai passé un mauvais quart d'heure !

Il regarda autour de lui. Les vêtements de l'homme avaient également disparu. Seul, le lit défait et l'empreinte du sabot montraient que des choses curieuses avaient eu lieu dans la pièce. François sortit son mouchoir, en humecta un coin de salive et frotta légèrement la trace du fer. L'étoffe devint jaunâtre.

– De la terre et du sable, murmura François.

Il se baissa, mit son œil au niveau de la table.

– Il y a aussi un peu de poussière, ou de boue, à l'endroit où était le petit cheval.

Il passa un autre coin du mouchoir sur le bois.

– Tu vois !

– Écoute, François. Tout ce que tu voudras, mais n'essaie pas de me persuader que ce que fait le grand cheval, le petit le fait aussi.

– Je constate, mon vieux. Peut-être qu'à force de constater des choses, on finira par comprendre.

– En tout cas, l'homme était toujours dans le lit

quand je suis tombé. Ça, du moins, j'en suis sûr. Mais j'y pense, tu as dû m'entendre.

– Non, parce que, moi aussi, je rêvais, figure-toi. Et dans mon rêve, le cheval fantôme faisait un vacarme épouvantable. Il m'a même appelé.

– C'est plutôt moi qui ai dû t'appeler à l'aide. Tu as mélangé le vrai et le faux.

Jean-Marc sourit tristement.

– On a bonne mine, dit-il. Tu nous vois, si les gendarmes nous interrogeaient ?

– Finalement, la panne a été providentielle, fit Sans Atout avec un enjouement qui ne pouvait tromper son ami. Pas de gendarmes ! Pas d'interrogatoire !

– Jean-Marc !

Cette voix, qui appelait doucement, c'était celle de Marguerite.

Le garçon sortit dans le couloir.

– Tu peux venir… Nous sommes seuls.

La vieille femme, nouée par les rhumatismes, arriva en soufflant, regarda à son tour le lit vide.

– Il aurait pu te faire du mal.

– Du mal ? Il aurait été bien ingrat. Seulement, il ne tenait sans doute pas à répondre à nos questions. Alors, il a préféré disparaître pendant qu'il avait encore une chance.

– C'est point des manières, dit Marguerite. J'ai bien vu tout de suite que c'était un mauvais homme. Je serais plus tranquille si les gendarmes étaient au courant.

Une heure plus tard, ils discutaient encore dans la cuisine, en mangeant de formidables tartines de miel.

Jaouen, qui était allé ramasser de l'herbe pour les lapins, prenait part au conseil. Instinctivement, il était d'avis de laisser la maréchaussée là où elle était. Il n'aimait pas qu'on mette le nez dans ses affaires. Sa femme, au contraire, estimait, non sans raison, que, si l'on ne faisait rien, d'autres événements, plus graves, risquaient de se produire et qu'on leur reprocherait, plus tard, de n'avoir pas agi quand il en était encore temps.

— Je ne veux pas de gendarmes chez moi, s'obstinait Jaouen.

— Et moi, je ne veux pas de malandrins ici, s'entêtait Marguerite.

— Le mieux, c'est d'attendre l'arrivée de M. Robion, conclut Jean-Marc.

— Je le crois aussi, appuya Sans Atout. On a ramassé un blessé. Ce blessé nous a échappé. Je me demande si cela justifie une enquête ?

— Et si c'est un voleur ? répondit Marguerite. J'ai lu, dans *Ouest-France*, qu'il y a eu des villas pillées, dans la région.

Jean-Marc, embarrassé, regardait alternativement le vieil homme et la vieille femme.

— Avant tout, je vais tâcher de remettre la 2 CV en état.

Au moment où il se levait, le téléphone sonna.

— Tiens, il remarque, s'étonna Sans Atout. C'est peut-être Paris ?

Jean-Marc courut décrocher.

— Allô ?… Ah ! Bonjour, monsieur Robion… Oui, ça va, merci… Il est là… Le voilà…

François éprouvait déjà un immense soulagement. Enfin ! Le poids de ses responsabilités allait passer sur d'autres épaules, plus robustes. On verrait bien comment le grand avocat débrouillerait l'énigme du cheval fantôme... S'il la débrouillait !

— Allô, bonjour, papa. Oui, je t'entends très bien... Mais oui, nous sommes en pleine forme... Attends... je leur annonce la nouvelle.

Il couvrit l'appareil de sa main.

— Mes parents arriveront ce soir... Mon père a pu se libérer. Ils vont se mettre en route dans un instant.

Marguerite poussa un interminable soupir de soulagement.

— Allô, papa ?... Eh bien, c'est entendu... Tout sera prêt. Apportez du chaud. On a eu une tempête assez violente et Kermoal suinte de partout... Nous vous souhaitons bonne route... Ils te font tous leurs amitiés... Embrasse maman... Comment ?... Ce n'est pas gentil de me dire ça... Non, je n'ai encore rien égaré... Je m'applique. Au revoir !

Il raccrocha, ravi.

— Ouf !... Maintenant, il n'a qu'à bien se tenir, le cheval !

— Le pauvre Monsieur, dit Marguerite. Lui qui vient pour se reposer... On pourrait peut-être ne le mettre au courant que dans quelques jours... Réfléchis, mon François... Il va voyager toute la journée, avec Madame. Il aura bien besoin d'une ou deux nuits, après toutes ses fatigues, pour se refaire un peu.

— Mais le cheval n'attendra peut-être pas, riposta

François. Et je veux que papa l'entende. Sinon, je n'oserai jamais lui raconter ce qui s'est passé ici. Il me rirait au nez !

La matinée fut presque joyeuse. Ils éprouvaient tous le même sentiment de soulagement qu'une garnison assiégée apprenant l'arrivée prochaine de renforts. Tandis que Marguerite préparait la chambre des voyageurs et que Jean-Marc essayait de trouver la cause de la panne, François accompagnait le père Jaouen jusqu'à la petite anse, au nord du château, où le *Goulven II*, bien d'aplomb sur ses béquilles, attendait les beaux jours.

— Maintenant que tu es grand, disait Jaouen, il va être temps de passer à la pratique. Aux prochaines vacances, tu t'y mets. Ton père est d'accord. C'est une question réglée depuis l'an dernier. Et tu verras… Le *Goulven* est aussi vif qu'un pur-sang.

— Ne parlons pas de pur-sang jusqu'à ce soir, dit François. Ça vaudra mieux !

— Je me comprends. Et je sais bien qu'aux Glénans[1] ils n'ont rien d'équivalent… Est-ce que tu te rappelles un peu ce que je t'ai appris au mois de septembre ?

— Comme ci, comme ça.

— Voyons… la bôme, tu sais ce que c'est ?

— Oui. Quand même. C'est la vergue qui permet à la voile de pivoter autour du mât.

— Bon. Et quand la voile est choquée tribord, par exemple, comment doit être réglée la bastaque ?

1. Célèbre école de voile.

– Ah, là, je donne ma langue au chat.

– Moussaillon !… Et peux-tu me dire comment on love une drisse en glène ?

– Attendez ! Il faut tourner de droite à gauche, non ?

– Au contraire. Toujours dans le sens des aiguilles d'une montre. On ne vous apprend donc rien, au lycée ! Tout le monde devrait savoir ça. Parle-moi du gréement dormant.

– Je sais. Il se compose des haubans et des étais.

– Combien d'étais ?

– Le grand étai, la draille de foc et la bastaque.

– Mouais… enfin, c'est à peu près ça… Tu vois, j'ai commencé à le bichonner, ce pauvre vieux *Goulven*. Il a besoin d'un bon coup de peinture… Dire qu'autrefois je sortais toute l'année, par tous les temps ! Ah, on en a étalé, des coups de chien, tous les deux !

Jaouen s'approcha de la barque et lui caressa le flanc de sa main ridée. Il soupira :

– Maintenant, je ne fais plus grand-chose ; c'est trop fatigant. Le cœur n'y est plus, quoi. Jean-Marc va bientôt se débrouiller seul. La mère et moi, il nous faut si peu pour vivre ! Ah ! Si seulement Kermoal n'était pas vendu !

Quittant le bateau, sa main s'appuya sur l'épaule de François et sa voix se raffermit.

– Mais tu es là, toi, fils. Bien vaillant, et avec une meilleure tête que la mienne… Alors, on va faire de toi un matelot, un vrai. Allez, grimpe à bord. Attrape mon matériel.

François, pour le plaisir, parcourut le petit bateau, de l'arrière à l'avant. Il respirait ; il se sentait délivré de toutes les images louches de la nuit. Et puis ses parents allaient être là. Il faisait bon vivre. Une mouette vira sur l'aile, tout près du mât. Son œil vif et dur surveillait le garçon. Il leva le bras pour la saluer et salua du même geste la grève, la mer, le ciel pâle. Puis il aida Jaouen à se hisser sur le pont.

— Va falloir que j'écope, grogna le bonhomme. Avec ce qui est tombé… Sûr qu'il y en a aussi dans le rouf. Je crois bien, fils, que la leçon est terminée avant d'avoir commencé. J'en ai pour la matinée à vider l'eau.

— Je peux vous donner un coup de main ?

— Surtout pas… Je les connais, tes coups de main !… Tu vas t'en retourner, tiens. Tu diras à la mère que je serai là sur les une heure… que je prends mon temps pour ne pas me fatiguer… Dis-lui bien ça… déjà qu'elle voudrait voir mon *Goulven* aux cinq cents diables !

Il s'assit, se mit à bourrer sa pipe et cligna de l'œil à François.

— C'est qu'elle n'est pas commode, tu sais. Ce n'est pas moi, le patron… Allez, va, petit gars !…

François sauta en bas et, en musant, revint au château. Mais il pressa le pas quand il aperçut, au loin, la Bentley de Van der Troost qui se dirigeait vers la grille. Le Hollandais avait-il changé d'avis ? Renonçait-il ? Ou bien désirait-il visiter les parties du château qu'il avait négligées la veille ? François courut au-devant de la voiture, qui stoppa en fléchissant moelleusement sur ses amortisseurs. Quelle merveille ! Van der Troost ouvrit la portière.

– *Guten tag…* Heu… Excusez-moi… Bonjour…
C'est encore moi… Vous permettez que je fasse photographies du château ?… J'ai téléphoné à Mme Van der Troost et elle voudrait voir…

– C'est bien naturel, s'écria François. Que souhaitez-vous photographier ?

– Le tout… vous comprenez… l'ensemble.

– La vue générale ?

– Voilà.

– C'est bien facile.

– Montez près de moi, jeune homme. Je voudrais surtout le côté le plus… comment… féodal.

– Alors, c'est l'aile nord.

– Très bien. L'aile nord.

Il décrocha un téléphone intérieur et prononça quelques mots. La Bentley se remit en marche. Plus exactement, le paysage commença à se déplacer lentement. On n'entendait aucun bruit. C'était un tapis magique qui emportait François. Il était trop bien élevé pour manifester de la surprise ou du plaisir, mais il ne pouvait s'empêcher d'admirer les cuirs, les boiseries, le bar encastré, le bureau escamotable. Quand il releva les yeux, il fut tout surpris de découvrir, si proches, les tours hautaines de Kermoal.

Van der Troost frappa deux coups, de sa chevalière en or, à armoiries, sur la vitre de séparation. Le décor s'immobilisa.

– Ici ! dit le Hollandais. *Gut !*

Le chauffeur tenait déjà la portière ouverte et Van der Troost insista pour que François descendît le premier.

« Il me prend pour l'arrière-neveu de Brigognan »,
pensa François, au fond très flatté.

La Bentley fit lentement demi-tour.

– Heinrich va m'attendre de l'autre côté, dit Van
der Troost.

Il sortit d'un étui coûteux un Leica de haute préci-
sion, sur lequel il fixa une sorte de tube qui faisait ressembler l'innocent appareil photographique à un
canon miniature, et il se mit aussitôt à effectuer des
visées variées, à la recherche de l'image la plus pittoresque. De temps en temps, il déclenchait l'obturateur
et jubilait tout bas : « *Gut… gut…* »

François ne détestait pas qu'on aimât Kermoal, mais
il aurait souhaité que le Hollandais se montrât plus dis-
cret. Cependant, pris au jeu, il cherchait lui-même des
angles rares qu'il indiquait à son compagnon.

– L'échauguette de la face nord-ouest, un peu par en
dessous, avec le nuage derrière.

– *Ja*. J'adore.

– Et Marguerite Jaouen, pendant qu'elle secoue une
descente de lit, à la fenêtre de la chambre de mes
parents… Prenez bien la coiffe.

– Ah ! La coiffe… Parfait… Pour Mme Van der
Troost.

– À propos… mes parents arrivent ce soir. Ils ont
téléphoné.

– Je suis ravi… J'irai leur présenter mes devoirs dès
demain, s'ils permettent. Et peut-être on pourra faire
un… marché… un arrangement ?

– Peut-être !

François n'avait plus envie, soudain, d'être le rabatteur de cette chasse à l'image. Il était en train de trahir Kermoal, ni plus, ni moins. Il avait honte d'avoir pris place dans la voiture du futur propriétaire. Et c'est alors qu'il s'avisa que, depuis la grille, la Bentley avait très exactement suivi le trajet du cheval fantôme, qu'elle s'était même arrêtée tout près de l'endroit où le cheval s'arrêtait chaque nuit, l'endroit où gisait le mystérieux blessé.

Pure coïncidence, bien sûr ! Au fond, dès qu'on voulait se rendre à l'aile nord on était bien obligé de suivre à peu près le trajet que le cheval fantôme effectuait chaque nuit.

Quand même, c'était curieux !... Cette voiture de rêve qu'on n'entendait pas, ce cheval de cauchemar qu'on ne voyait pas... si c'était le même être fabuleux, tantôt sous son aspect diurne, tantôt sous son aspect nocturne... Sans Atout, si mûr pour son âge, gardait en lui assez d'enfance authentique pour être encore sensible aux merveilles des contes. L'idée était jolie. Elle lui plaisait, encore que Van der Troost n'eût pas du tout le physique d'un seigneur de Trevor !

Pour l'instant, le cher homme achevait son film... Mais justement, cet intérêt passionné pour Kermoal ?... Ce serait si beau si la réalité se prêtait à toutes les fantaisies de l'imagination ! Hélas ! Il n'y avait là qu'un cimentier très riche qui se proposait d'acheter une ruine branlante pour satisfaire quelque secrète vanité. À quoi bon supposer que... ?

— Je vous quitte, mon jeune ami.

Sans Atout sursauta :

– Pardon ?... Je... Ah, oui !

Ils débouchaient sur la face sud. La Bentley attendait devant la fenêtre des Jaouen.

– Vous faites mes compliments à vos parents.

– Je n'y manquerai pas.

– Merci.

Van der Troost s'approcha de la limousine. Heinrich, comme un robot infailliblement efficace, se trouvait devant la portière, casquette sur la poitrine, talons joints. Et les regards de Sans Atout furent, encore une fois, accrochés par les boutons brillants de l'uniforme. Il retint difficilement un cri.

La portière fut refermée doucement. La Bentley, sans une secousse, reprenait la route. La main de Van der Troost s'agita. Était-ce possible ?

Sans Atout fouilla dans sa poche, en retira le bouton qu'il avait pris dans le poing serré du blessé. Aucun doute. Ce bouton appartenait à Heinrich.

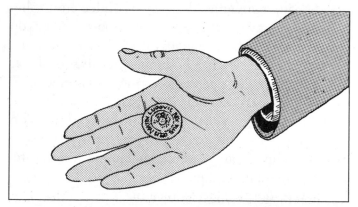

« Les Mouettes »

Sans Atout resta longtemps immobile. Ainsi, grâce à cet indice, auquel, étourdiment, il avait oublié de prêter attention, il tenait un bout du fil qui allait peut-être le conduire à la vérité. L'inconnu s'était battu avec Heinrich. Sans doute chacun des deux hommes cherchait-il à s'emparer du petit cheval d'or ? Mais quel était, en tout cela, le rôle de Van der Troost ? Couvrait-il les activités de son chauffeur ? Les ignorait-il ? Connaissait-il le blessé ? Et comment ces intrigues se rattachaient-elles à Kermoal ? Il n'était pas possible de répondre à tant de questions.

Mais on pouvait toujours commencer par le plus simple, c'est-à-dire se renseigner sur le Hollandais et son chauffeur. Après l'orage, le temps semblait tourner au beau. Ce serait une promenade d'aller jusqu'à Porspoder en vélo, d'y chercher la villa « Les Mouettes ».

Sans Atout avait la tête pleine de projets. Lui, Sans Atout, il allait gagner la partie, tout seul. Comment ?... Eh bien, en surveillant Heinrich. Ou plus exactement en surveillant les allées et venues de la Bentley. Une telle voiture ne passe pas inaperçue... Il n'était pas question, bien sûr, de la suivre à bicyclette, mais de reconstituer ses déplacements, en interrogeant habilement, à droite et à gauche. Par Heinrich, Sans Atout arriverait au blessé, un blessé qui devait chercher à se venger. Sans Atout lui arracherait le secret du cheval d'or et apprendrait probablement du même coup pourquoi l'autre cheval, l'invisible, hantait Kermoal. Oui, il avait en main la meilleure des cartes : sa jeunesse. Personne ne se méfierait de lui.

Maintenant, il était impatient d'agir et avait toutes les peines du monde à cacher son excitation. Il trouva Jean-Marc qui achevait de réparer la 2 CV, dans la remise. Jean-Marc montra un visage maculé, des bras graisseux.

– Tu ne pourrais pas m'essuyer le front, dit-il. Prends mon mouchoir dans ma poche... Là, merci... J'ai presque fini. L'allumage est complètement mort.

– Il n'y a pas eu de sabotage ?

– Non. Mais elle est tellement usée qu'elle est perpétuellement en état de sabotage, la pauvre vieille !

« Je lui dis ? Je ne lui dis pas ? se demandait Sans Atout. Mon plus proche copain. Mon frère. Je dois parler. »

Pourtant il ne réussissait pas à se décider. Cette affaire-là était « son » affaire. Son père était tout à fait comme cela quand il assumait une défense difficile. Impossible de lui arracher une confidence. Même pas un sourire. Et puis, Sans Atout ne voulait pas exposer Jean-Marc à un danger quelconque. Sait-on jamais ?

Enfin et surtout, Sans Atout ne se sentait pas d'humeur à discuter. Jean-Marc, fatalement, verrait les choses sous un angle un peu différent. Il faudrait peser le pour et le contre. Non. Il était trop tard !

Et l'heure du déjeuner qui n'en finissait pas d'arriver ! Jean-Marc, d'habitude si vif, traînait dans la remise. Le père Jaouen prenait son temps. Bonne leçon pour un enquêteur en herbe : savoir attendre, se décontracter comme un sauteur à la perche qui va être obligé de lancer dans ses muscles un influx nerveux comparable à une décharge électrique ; Sans Atout se promenait en rond, faisait descendre du flou dans ses membres. Mais il surveillait sa montre du coin de l'œil.

On se trouva enfin réunis autour de la table. Il ne fut question que du voyage de M. et Mme Robion, des routes encombrées, des accidents, du temps, froid pour la saison. Bien avant le dessert, Sans Atout fit connaître son intention de sortir à vélo, mais d'un ton si détaché que personne ne songea à le questionner, pas même Jean-Marc, toujours préoccupé par sa voiture. Sans Atout dut simplement promettre à Marguerite qu'il serait de retour bien avant l'arrivée de ses parents... Juste une petite balade pour se nettoyer les poumons, après le long hiver parisien... Bien sûr, il ouvrirait l'œil et il n'irait pas trop vite...

Et le voici sur la route, ou plutôt sur le sentier de la guerre. Un sentier agréablement fleuri, jusqu'à Porspoder. Là, les difficultés commencent. La buraliste, interrogée, prend une cliente à témoin : « Les Mouettes...

voyons… est-ce que ce n'est pas cette grande villa, à la sortie du pays ? » Discussion. On essaie de s'orienter. Est-ce à droite ou à gauche qu'il faut tourner ? Ce serait plutôt à droite, si on regarde la mer… Sans Atout essaie de placer un mot.

— Le locataire est un Hollandais qui a une grosse Bentley.

— Une grosse quoi ?

— Une voiture anglaise, gris ardoise.

— Ah, oui ! Une voiture anglaise… C'est sans doute le monsieur des « Cormorans ».

— Non. Il habite « Les Mouettes ».

Mais les Mouettes, les Cormorans, les Goélands, les Pétrels, cela court les rues, ici. Sans Atout s'aperçoit que la démarche la plus simple demande beaucoup de patience et d'astuce. C'est finalement le facteur qui le met sur la bonne voie.

La villa de Van der Troost apparaît, à quelque cinq cents mètres du bourg. C'est une maison importante, à demi masquée par un bois de pins. Grâce à l'écran des arbres, Sans Atout s'approche le plus près possible. Il n'est plus séparé des Mouettes que par un sentier et un mur d'environ deux mètres de haut, qui semble faire le tour de la propriété. Le bois de pins couronne une sorte de petite colline et l'œil découvre le parc des Mouettes, le corps de logis principal et, à gauche, un bâtiment allongé, percé de petites fenêtres et de portes à deux vantaux superposés comme on en voit dans les écuries.

Sans Atout s'accroche au tronc d'un pin. Mais, c'est bien une écurie qu'il aperçoit ! Heinrich, en bras de chemise, traverse la cour, portant une grosse botte de paille. Il y a donc un cheval, caché là ! quel cheval ?

Le chauffeur entre dans le box. Sans Atout allonge le cou. Il donnerait n'importe quoi pour jeter un coup d'œil dans cette écurie. Et soudain, il entend des coups sourds, comme si un cheval ombrageux donnait des ruades dans une cloison. L'idée lui vient, fantastique, folle, que Van der Troost a réussi à capturer le cheval fantôme, qu'il s'en est emparé la nuit précédente, et que, dans la bagarre, un de ses valets a été mis hors de combat par un coup de sabot bien appliqué... Mais alors, le petit cheval d'or ?...

Quoi qu'il en soit, il y a un cheval chez Van der Troost. Ce ne peut pas être un cheval de selle. Quand on possède une Bentley !... Et puis, de toute façon, le Hollandais est trop gros. Enfin, que diable, il n'y a pas longtemps qu'il doit être arrivé. Son premier soin n'a pas pu être de se procurer un cheval ? Non. Il y a là un mystère de plus en plus angoissant.

Heinrich réapparaît. Il va se laver les mains à une pompe, s'essuie avec son mouchoir, allume une cigarette, puis s'avance vers une niche que Sans Atout n'avait pas remarquée. De la niche sort un magnifique berger allemand que le chauffeur détache. Aussitôt la bête gambade en aboyant et, instinctivement, Sans Atout se dissimule plus étroitement derrière son pin. Il connaît le flair de ces chiens-loups et ne tient pas à être repéré. Mais le chien ne l'a pas senti ; il court autour du chauffeur, lui mordille les pieds, s'élance à la poursuite d'un caillou imaginaire que Heinrich a fait semblant de jeter. En somme, la bonne humeur règne aux Mouettes. Et puis, le chien bondit vers la porte de la maison. Il se dresse, il aboie avec tendresse et, quand Van der Troost se montre enfin, c'est un délire de grognements, de coups de langue, d'assauts joyeux. Mais cette scène de famille n'est pas du tout ce que Sans Atout attend. Il est venu pour enquêter et ce chien-loup ne va pas lui faciliter la tâche.

Heureusement, sur un signe de Van der Troost, le chauffeur entre dans la maison, revient en achevant de boutonner sa tunique et la joie du chien redouble. Il accompagne Heinrich en bondissant devant lui. Le chauffeur ouvre à deux battants une porte par où devait passer, autrefois, le tilbury du maître et, bientôt, la Bentley se range devant le perron. Le chien est dedans. Il va participer à la promenade. En effet, Van der Troost monte à côté du chauffeur et la voiture glisse jusqu'à la grille. Heinrich descend l'ouvrir, puis la referme avec soin.

La propriété semble vide. Il n'y a plus qu'à y aller voir ! Jusqu'à présent, la chance est du côté de Sans Atout. Mais ne chantons pas trop tôt victoire ! Sans Atout dévale de son petit bois jusqu'au chemin et, là, s'aperçoit que la grille est bien trop haute pour lui. Il suit donc le mur, en commençant par la droite car, de ce côté, le mur s'infléchit vers l'intérieur des terres et Sans Atout préfère, par prudence, s'éloigner le plus possible des chemins. Çà et là, le mur offre des possibilités d'escalade, mais Sans Atout aime mieux pousser plus loin sa reconnaissance. Il arrive ainsi sur les arrières de la propriété. Le mur, ici, est franchement délabré. Des pierres se sont descellées. Sans Atout n'hésite plus. De cavité en relief, il grimpe sans trop de mal. Un dernier coup de reins. Ça y est !

Il domine un potager en mauvais état, des serres aux vitres fendues ou cassées. Là-bas, la maison n'offre qu'une façade aveugle, aux volets fermés. Sans Atout saute, se reçoit en souplesse, s'oriente. Les écuries sont cachées par la maison, mais il devrait les trouver tout de suite, sur sa droite. Il remonte une allée où rampent des limaces. Vu de près, le jardin semble complètement abandonné. Van der Troost, il est vrai, n'est pas là pour longtemps. Cette partie de la propriété ne doit pas l'intéresser du tout. Et, au moment même où Sans Atout commence à se demander par où il va bien passer pour rejoindre la cour, il découvre une petite porte qui fait précisément communiquer cette cour avec le jardin. Naturellement, elle n'est fermée qu'au loquet. La chance continue. Sans Atout est dans la place. À sa gauche, il y a la façade du corps du logis, et, à droite, comme prévu, le bâtiment allongé des écuries. Maintenant, il faut se risquer à découvert.

Il est bien obligé de s'avouer qu'il a un peu peur. Mais son malaise a une autre cause. Il est en train de se conduire comme un voleur. Il a escaladé un mur, il se cache ; tout cela n'est pas très beau. Bien sûr, il a les meilleures excuses. Si le chauffeur de Van der Troost ne s'était pas trouvé, la veille, à minuit, chez les Robion… Car c'est lui qui a commencé ! Il n'a pas hésité, lui, à s'introduire dans une propriété où il

n'avait que faire. « Oh ! Et puis, je raconterai tout à papa. Il arbitrera. C'est son métier ! », pense Sans Atout. Et, bravement, il avance dans la cour.

Sans Atout prend un air dégagé, comme s'il était un parent du Hollandais. Si quelqu'un le voit, à travers la grille, il ne s'étonnera pas. Voici le box. Le cheval ne fait aucun bruit. Sans Atout pousse la porte.

Eh bien ? Et ce cheval ?... Il n'y a pas de cheval. Autrefois, le local a servi d'écurie, mais il est vide et certainement depuis très longtemps. Sans Atout fait quelques pas. Derrière la porte, sont entreposées des caisses, une douzaine de caisses, qui laissent échapper de la paille entre les planches de leurs couvercles. Sur la plus proche, on voit encore un marteau et des clous. Les coups de sabots, alors, c'étaient des coups de marteau ?...

Sans Atout est anéanti. Jamais il ne sera un bon enquêteur : il a trop d'imagination. Voilà de braves gens qui emballent paisiblement quelque vaisselle et aussitôt un garnement les soupçonne d'avoir partie liée avec un mystérieux cheval qui... Non ! C'est à pleurer !

Pourtant... le bouton ! Il appartient bien à Heinrich. Et il était dans le poing du blessé !

Sans Atout est de plus en plus perplexe. Il n'a plus rien à faire ici. Mais de quel côté se tourner ? Il rebrousse chemin. Il est terriblement vexé. C'est pourquoi il ne se résout pas à battre en retraite. Pas encore ! La maison est là. L'une des fenêtres est entrebâillée. Rien ne coûte de pousser une pointe de reconnaissance.

L'écurie est vide, soit ! Mais le petit cheval d'or est peut-être caché quelque part, à deux pas ?

Sans Atout sait bien qu'il est encore en train de se raconter des histoires, qu'il recommence à délirer, qu'il est incorrigible. Il sait bien aussi qu'il ne serait pas fâché d'en apprendre un peu plus sur Van der Troost. C'est cela, son vrai motif. Aussi pousse-t-il avec précaution le battant libre de la fenêtre et il se glisse à l'intérieur avec une souplesse qui le stupéfie lui-même. Il est doué pour les opérations de corps franc !

Il se trouve dans une salle à manger. Banal mobilier de location. Aux murs, d'affligeantes peintures. Aucun bruit. Curieux que l'agence n'ait pas envoyé une femme de ménage ! Sans Atout, sur la pointe des pieds, sort dans un vestibule, jette un rapide coup d'œil sur les pièces d'alentour : un salon sans attrait, deux autres pièces à usage mal défini, qui donnent sur le potager. Ensuite, la cuisine. Mais, visiblement, personne ne s'en sert. Le Hollandais et son chauffeur doivent prendre leurs repas à l'hôtel.

Sans Atout monte silencieusement à l'étage. Première pièce, à droite, le bureau de Van der Troost. Intéressant. Sans Atout le visite soigneusement, mais ce bureau ne contient rien de particulier, à l'exception de l'étui à cigares du maître de céans et du plan de Kermoal, étalé sur la table. Un plan qui provient de l'étude du notaire. Duchizeau doit avoir le même en sa possession. Donc, rien que de très normal.

Deuxième pièce à droite : la chambre de Van der Troost. Dans une armoire, se trouve son linge et, dans une penderie, sont accrochés ses costumes. Le ménage n'a pas encore été fait ; le pyjama du Hollandais est resté jeté en travers du lit. Pas le moindre indice, mais d'ailleurs Van der Troost ignore très probablement ce qui se trame autour de lui. Son chauffeur peut être une fripouille et lui, un parfait honnête homme. Un peu découragé, Sans Atout traverse le couloir et pousse la troisième porte. Aussitôt, il retient sa respiration.

La pièce est plongée dans la nuit ; devant la fenêtre sont tirés d'épais rideaux. À la lueur d'une veilleuse, Sans Atout aperçoit un grand lit où un homme semble dormir. Sa respiration est régulière. Oui, il dort. Et, à mesure que les yeux de Sans Atout se familiarisent avec la pénombre, le visage de l'homme lui redevient familier… Le blessé… Comme un pansement entoure la tête de l'inconnu, ses traits, son expression, tout s'est légèrement modifié, mais c'est bien lui…

Lentement, le regard de Sans Atout se déplace, découvre la table de chevet où sont rangés un paquet d'ouate, une grosse bouteille d'éther, une carafe, un verre, un tube de comprimés. Puis il examine le mobilier et s'arrête net… Sur la table, au centre de la pièce, le petit cheval d'or !

Sans Atout traverse la chambre, sans bruit, pose la main sur le cheval. Sa main aussi le reconnaît. Qu'est-ce que tout cela signifie ? Impossible, cette fois, de croire que Van der Troost n'est pas au courant de ce qui se passe chez lui. Qu'est-ce qu'il manigance ? Quel est cet homme qui dort paisiblement ? A-t-il été drogué, endormi ? À voir son visage reposé, détendu, il y a gros à parier qu'il se remet tranquillement de la bataille qui lui a valu ce coup à la tête... Les vêtements de l'homme sont pliés sur une chaise. Sans Atout les palpe rapidement. Les papiers de l'inconnu n'y sont pas revenus.

Jamais situation n'a été plus embarrassante. Si Sans Atout se rend à la gendarmerie, il devra d'abord expliquer qu'il s'est introduit chez Van der Troost et cela peut lui valoir les pires désagréments ; s'il ne fait rien, les autres vont avoir tout le temps de cacher l'homme... et on ne le retrouvera peut-être plus jamais. Car s'ils ont pris la peine de le kidnapper quand il s'est enfui du château, durant la nuit, ce n'est certainement pas pour lui offrir des soins et un logement. Et même, il est probable qu'ils le poursuivaient quand, relevant les traces du cheval fantôme, Sans Atout est venu buter sur le corps. Donc, il est nécessaire de prendre une décision rapide, d'agir, dans l'intérêt de l'inconnu. Sans Atout est dans un repaire de brigands !

Il manœuvre pour se rapprocher de la porte quand, soudain, il entend un bruit de voix au rez-de-chaussée. Trop tard ! Il aurait dû se méfier de cette Bentley silencieuse. Elle a traversé la cour comme une brise légère et, maintenant, il est prisonnier, perdu... Les Jaouen le croient en train de s'amuser, de flâner à travers la campagne. Oui ! Eh bien, il est acculé dans cette pièce, il va tomber aux mains de bandits dangereux ! Il est sans secours... sans atout. Il n'a, pour jouer, que son sang-froid et son astuce. Déjà, des pas lourds font craquer le plancher du couloir. Le rire de Van der Troost

retentit, un puissant rire d'ogre ! Pourvu que le chien ne l'accompagne pas !

Sans Atout, la sueur au front, cherche une cachette. Vite ! Il ne dispose que de quelques secondes… Les rideaux ! Il court les écarter. Derrière, la place est suffisante pour quelqu'un de fluet. Il s'aplatit le long de la fenêtre mais, emporté par une curiosité plus puissante que la frayeur, colle un œil à la fente des lourdes tentures.

Le bruit a réveillé l'homme. Il s'assied, essaie de mettre les pieds à terre. Van der Troost entre, suivi du chauffeur. L'homme a très peur. Il s'est reculé, dans le lit, comme s'il s'attendait à être frappé. Mais Van der Troost n'a aucune intention belliqueuse. Il sort un cigare qu'il allume posément. Et il commence à parler. Pas la peine de chercher à comprendre. C'est du hollandais. Mais non… Sans Atout reconnaît quelques mots, au passage : c'est de l'allemand. Dire que l'allemand est sa deuxième langue vivante ! Pourquoi l'a-t-il tellement négligée ? Elle lui sauverait peut-être la vie, maintenant. Il se jure bien, s'il en réchappe, de rattraper le temps perdu.

Van der Troost sourit. De la main, il montre alternativement Heinrich et le blessé. Heinrich, à son tour, prononce quelques mots qui semblent rassurer l'inconnu. Celui-ci hausse les épaules, a un geste qui signifie : « Ce n'est rien ! C'est guéri ! » Et, retirant l'épingle qui retient le pansement, il déroule la bande, enlève le tampon d'ouate masquant l'ecchymose. Van der Troost se penche.

– *Sehr gut !* déclare-t-il, l'air épanoui, et il donne plusieurs tapes amicales sur l'épaule de l'homme.

– *Entschuldigen sie,* dit Heinrich.

Cette fois, Sans Atout a compris. Heinrich s'excuse, demande pardon. Mais de quoi ?… Jamais la curiosité de Sans Atout n'a été sollicitée à ce point. Et maintenant Heinrich serre la main de l'homme qui, à nouveau, s'assied sur le lit, mais avec l'entrain de quelqu'un qui vient de recouvrer subitement la santé.

Van der Troost a contourné la table. Il s'approche des rideaux. Va-t-il les écarter ?… Sans Atout ne le voit plus, mais il l'entend qui ouvre un meuble, grogne quelque chose. Puis il reparaît, tout près de Sans Atout. Il lui présente son dos puissant qui cache toute la pièce. Et soudain, une détonation claque. Sans Atout comprend, dans un éclair, qu'il vient de tirer avec une arme munie d'un silencieux. Il vient sûrement d'abattre l'homme sans défense, après l'avoir mis en confiance par des paroles pleines d'amitié.

« Je suis fichu ! », pense Sans Atout.

Mais Van der Troost marche vers le lit. Son dos s'écarte de la ligne de visée de Sans Atout. Le Hollandais brandit quelque chose qui fume. C'est une bouteille de champagne. Il tend un verre à l'inconnu, l'emplit à déborder, offre un verre à Heinrich, se sert à son tour.

– *Prosit !*

Le cœur de Sans Atout a dû s'arrêter une seconde. Il bat à coups lourds. Sans Atout s'appuie à la fenêtre. Il n'a plus de jambes. Là-bas, les trois hommes devisent joyeusement. Puis Van der Troost entonne une sorte de petit discours. Au vol, Sans Atout identifie certains mots : « *Burg... Kapelle... Altar...* »

Burg, c'est Kermoal, forcément... Et *Kapelle*, c'est la chapelle Pardon. Mais *Altar* ?... Qu'est-ce qu'un autel vient faire là-dedans ?

– *Es ist leicht !*[1] dit l'homme.

Qu'est-ce qui est facile ?... Que complotent-ils, maintenant, tous les trois ? Car l'inconnu est devenu leur allié. Décidément, le mystère s'épaissit. Et s'ils sont d'accord, inutile d'aller chercher de l'aide. Ils seront également d'accord pour répondre à toute question embarrassante. Un seul problème, désormais : sortir de la villa.

L'homme se lève, pose son verre à côté du petit cheval d'or, et commence à s'habiller. Il suffit d'observer ses gestes rapides pour comprendre que toutes ses forces sont revenues. Du tiroir de la table de chevet, il retire un portefeuille, un trousseau de clefs, un mouchoir. Ils vont sortir. Ils sortent, laissant la veilleuse allumée.

Sans Atout écoute, de toutes ses forces. Ce n'est pas le moment de faire une fausse manœuvre. L'escalier grince sous le poids des trois hommes, puis on les entend traverser le vestibule. Ils sont trop loin... On ne les entend plus. Cependant, ils ne sont pas sortis de la maison. Sans Atout, ankylosé par sa longue immobilité,

1. « C'est facile ! »

110

quitte sa cachette et vient tendre l'oreille sur le palier. Un murmure très assourdi de voix lui apprend que la route est partiellement libre. Il descend, marche après marche, essayant de situer ses adversaires. Ils sont dans la pièce qui est tout près de la cuisine. Sans Atout se faufile dans la salle à manger, se prépare à enjamber la fenêtre par laquelle il est entré ; il n'a que le temps de replier sa jambe : le chien-loup est là ; juste sous lui, qui gronde. Vu de près, il est formidable.

Sa taille est impressionnante, mais surtout son visage est féroce. Car c'est bien un visage ; avec une flamme d'intelligence fanatique dans le regard. Il a été dressé à monter une garde silencieuse, impitoyable. Tout étranger qui n'est pas présenté par son maître est l'ennemi. Il se tient toujours sous la fenêtre, museau tendu, oreilles pointées, un peu ramassé sur l'arrière-train pour conserver prête la détente qui le jettera sur sa proie comme un jaguar. Et, en même temps, il semble narguer son adversaire. « Tu ne passeras pas... Réfléchis... Calcule... Tu me trouveras toujours sur ta route... parce que, moi aussi, je réfléchis et je calcule ! » Et, en effet, deux rides soucieuses lui partagent le front, tandis qu'il évalue le chétif combattant qui l'observe du haut de la fenêtre.

Sans Atout, pour ne pas l'exciter davantage, se met hors de vue. Il a eu peur, affreusement peur, quand Van der Troost a débouché la bouteille, mais rien de comparable avec la panique qu'il essaie maintenant de maîtriser. On peut discuter avec le plus redoutable bandit. Mais ce chien, c'est comme le cobra, comme le requin... La mort affreuse et immédiate. Sans Atout regarde l'heure. De ce côté-là, la marge est grande. Il a le temps de chercher une solution, si toutefois la troupe du Hollandais lui en laisse le loisir. Il y a une autre fenêtre en façade, celle du salon. De là, il pourra observer le chien sans se faire remarquer par lui. De deux choses l'une : ou bien le chien ne va plus quitter des yeux l'endroit où le suspect lui est apparu ; ou bien, las de guetter, il retournera à sa niche. Dans les deux cas, Sans Atout conservera un avantage. Mais comment le mettre à profit ? Pas question de traverser la cour, de parcourir les quelque cinquante mètres qui le séparent de la grille. La surprise jouera en sa faveur, mais pas longtemps. En trois bonds, le chien sera sur lui.

Malgré tout, il faut en avoir le cœur net. Sans Atout, lentement, ouvre la porte du salon. Il entend plus distinctement la voix des trois hommes. Ils sont dans la pièce voisine. Il se dirige vers la fenêtre, écarte les rideaux.

Le chien est là. Le chien l'a suivi, de l'extérieur, mû par un instinct qui l'a renseigné infailliblement sur les mouvements de son adversaire. Les poils de son cou se hérissent ; un croc paraît, au coin de sa babine, plus aigu qu'un poignard. Sans Atout laisse tomber les rideaux. Il a bien envie de se laisser tomber lui-même n'importe où, sur le divan, sur une chaise, sur le tapis, tellement il est découragé. Que se passerait-il s'il allait frapper à la porte, s'il surgissait devant les trois hommes ?

« Excusez-moi. J'ai vu votre villa, en me promenant. J'ai voulu vous dire un petit bonjour. »

Après tout, il est le fils de maître Robion, donc pas n'importe qui. On s'étonnerait peut-être, mais on ne lui ferait pas de mal. Plus maintenant...

Mais ce beau projet ne tient pas debout, toujours à cause du chien-loup. Comment Sans Atout serait-il parvenu jusqu'à la villa sans provoquer d'abord la fureur du chien ? Et si le chien n'a pas donné l'alarme, cela prouve immédiatement que Sans Atout est depuis longtemps dans la place. Pourquoi ? Il espionne donc ?

Le cercle se referme. Nul moyen d'échapper... Si, il reste une chance : le potager ! Impossible d'y accéder par le rez-de-chaussée, les trois hommes se trouvant de ce côté de la maison ; mais, par le premier étage...

Sans Atout sort silencieusement de la pièce et remonte, regagne la chambre du petit cheval d'or. Il se glisse derrière les rideaux et entreprend d'ouvrir la fenêtre qui ne grince pas trop. Les volets, maintenant. Il les accroche au mur. Il ne s'est pas trompé : il domine le potager ; le salut est là, car il est facile de descendre en s'aidant de la gouttière. Sans Atout est leste et léger.

Mais déjà le chien apparaît, au coin de la villa. Par où s'est-il faufilé, le diabolique animal ? Il vient prendre position au pied de la gouttière, comme s'il avait deviné les intentions de Sans Atout. C'est à pleurer !

Sans Atout s'assoit sur le lit, réfléchit encore. Mais à quoi bon réfléchir ? Tout se passe comme si la maison était entourée par une meute : un chien devant chaque issue et, pouvant apparaître à chaque instant, trois hommes aussi dangereux que des chiens ! Pas une arme. Une carafe, un paquet d'ouate, une bouteille d'éther, un tube de comprimés... du gardénal...

Si l'on pouvait faire boire au chien-loup de l'eau additionnée de gardénal ?... Il tomberait endormi, sans doute ?... Mais il ne mange et ne boit certainement que ce qui lui est offert par son maître. Et puis, Sans Atout ne se voit pas en train de tendre au fauve un verre d'eau. La tête du malheureux Sans Atout éclate à force de penser. Il faut trouver, pourtant, coûte que coûte. Avec l'éther ? Qu'est-ce qu'on peut faire, avec ce flacon d'éther ?

Rien. Sans Atout ne voit pas. À moins que...

Il prend le flacon, le débouche. Aussitôt l'odeur se répand, écœurante. Sans Atout le rebouche. Voyons !... Comme disent les Anglais, c'est quand il faut aller vite qu'il ne faut pas se presser. Il se lève, furète dans les coins, déniche une canne. Il s'en saisit, la soupèse. Il va jouer sa vie à pile ou face et chaque détail a son importance. Il reprend le flacon d'éther. Contient-il assez de liquide ? Encore un risque à courir. Heureusement, le pansement est toujours là, jeté sur le lit. Sans Atout arrache une grosse poignée d'ouate qu'il entortille à l'extrémité de la canne. Puis il enroule serrée la bande Velpeau autour de l'ouate et immobilise le tampon à l'aide de l'épingle de sûreté. Cela fait, au bout de la canne, un paquet assez solidement fixé. Sans Atout revient à la fenêtre.

Le chien est toujours là, patient, attentif, infatigable. « Tu vas voir, mon vieux, ce que tu vas déguster ! », pense Sans Atout. Il débouche le flacon et verse, d'un coup, la moitié du liquide sur le tampon. La tête lui tourne un peu ; pourtant il rebouche avec soin, glisse le flacon dans sa poche.

Il enjambe l'appui. Attention ! Pas de faux mouvements. La canne tendue à bout de bras, il empoigne de la main gauche le tuyau de descente et, cherchant les crampons du bout des pieds, collé au mur comme un alpiniste à la paroi rocheuse, il commence à progresser vers le chien. Celui-ci se ramasse pour bondir. Sans Atout, entre ses pieds, l'observe. La distance entre eux diminue. La main gauche de Sans Atout, contractée par l'effort, devient toute blanche. Le chien recule un peu pour prendre de l'élan. Sans Atout darde la canne et, soudain, l'odeur parvient au chien, brutale, inconnue ; il recule en grondant. L'ennemi, maintenant, n'est plus cette silhouette qui met pied à terre, mais, au bout de ce bâton, ce paquet d'où sort un relent mortel. Des lueurs rougeâtres traversent les yeux du fauve. Il veut s'élancer... Il se heurte presque à cette étoffe spongieuse d'où suinte l'atroce parfum. Il cherche en vain l'ouverture, comme un duelliste désireux d'en finir. Mais, sans cesse, devant sa gueule qui écume, se présente ce mufle blanchâtre, aux émanations insoutenables. Alors, le chien rompt ; la terreur lui mouille de sueur les épaules. Derrière ce bâton fétide, la silhouette détestée s'agite ; impossible de passer, de franchir l'horrible obstacle.

La révolte noue les muscles du chien. Il voudrait hurler, mordre à pleines dents. Il ne peut qu'accompagner à distance respectueuse l'ennemi qui bat en retraite vers le mur du fond. Ce n'est pourtant pas un adversaire bien dangereux ; il n'est ni grand, ni gros. Il a un visage blanc de peur. La main qui tient le bâton tremble. Mais le petit magicien possède l'arme la plus redoutable, une arme qui répand un fumet funèbre, qui agit à distance sur toutes les parties du museau à la fois, qui emplit la bouche d'une affreuse saveur sucrée, comme si le sang, brusquement, se transformait en poison. Le chien gémit. Sa proie lui échappe. Voilà l'ombre qui se hisse sur le mur. Elle fait un geste. Quelque chose se brise en morceaux et l'odeur éclate, se développe en nuage, assaille la bête qui saute en arrière et, campée sur ses pattes raidies, hurle, hurle…

Sans Atout a sauté sur le chemin. Il court. Il court. Il atteint le bois de pins et retrouve sa bicyclette. Il l'enfourche aussitôt. Il a des ailes. Il pédale en force, encore emporté par sa terrible angoisse. Il ne ralentit qu'à un kilomètre du bourg. Alors il s'effondre sur le talus, au bord de la route, et là il se délivre peu à peu de la tension qui lui contracte encore la poitrine. Mais il est fier de lui ! Il se félicite d'avoir imaginé le stratagème de la bouteille d'éther. Et pourtant, il paraissait bien perdu ! On n'est jamais perdu tant qu'on garde son sang-froid et son imagination ! Il se renverse sur le dos, dans la fougère. Il regarde passer les nuages. Comme il fait bon vivre, après le danger. Et il se met à rire en songeant à la tête que feront les trois hommes, quand ils découvriront la fenêtre ouverte et constateront que le flacon d'éther a disparu. Ils pourront chercher longtemps ; jamais ils n'arriveront à comprendre ce qui s'est passé. Mais Sans Atout reprend vite son sérieux. Il n'est pas au bout de ses peines, il le sait. Le mystère du cheval fantôme reste entier.

Allons ! Il faut rentrer. La tâche n'est pas finie. Sans Atout a une nouvelle expédition à mener à bien avant le soir. Il pédale à petite allure. Kermoal se chauffe au soleil, paisiblement. Nul ne se doute de la terrifiante aventure que François Robion vient de vivre. Marguerite, dans la cuisine, prépare quelque chose qui embaume.

– Qu'est-ce que c'est ?

– Une surprise.

– Dis quand même.

– Eh bien, c'est une matelote, comme Monsieur les aime.

– Jean-Marc n'est pas là ?

– Il est parti faire vérifier sa voiture. Je ne sais pas ce qu'il m'a raconté. C'est l'électricité qui ne marche pas.

– Je vois.

– Tu as fait une bonne promenade ?

– Pas mal.

– Si tu as chaud, couvre-toi. N'attrape pas du mal, ce n'est pas le moment. Qu'est-ce que dirait Madame ?

Sans Atout monte dans sa chambre. Il se munit de sa lampe électrique. Il lui faudra peut-être des outils, mais, en cas de besoin, il reviendra en chercher. *Altar…* *Altar…* Cela ne peut désigner que l'autel de la chapelle

Pardon. Une cachette ? À l'intérieur de l'autel ?...
Inutile de se perdre en suppositions. Ce qui est certain,
c'est que le louche trio s'occupe de la chapelle et de
son autel. Pour quel trafic ?... Sans Atout repense à la
contrebande. Si Van der Troost est disposé à acheter le
château à n'importe quel prix, c'est que, peut-être, la
situation de Kermoal, au bord de la mer, sur une lande
déserte, présente des avantages insoupçonnés.

Mais le petit cheval d'or ?... Si c'était un signe de
reconnaissance, un objet ayant une valeur de mot de
passe ?... « Bon, voilà que je m'égare encore ! », se dit
Sans Atout. Il fourre la torche dans sa poche et en
route.

Cinq minutes plus tard, il entre dans la chapelle et
commence à étudier le sol, autour de l'autel.

Le bunker

Sans Atout passa un quart d'heure à frapper les dalles du talon. Partout, le son était mat. Il s'arrêta, en sueur. Il perdait son temps. Il travaillait sur un indice si mince qu'il n'avait à peu près aucune chance d'arriver à un résultat. Il se reposa un instant devant la chapelle, regardant monter la mer. Pourquoi s'acharnait-il ainsi ? Il avait été le témoin d'événements mystérieux. Soit ! Mais avait-il raison de les interpréter dans un sens dramatique, de soupçonner Van der Troost d'être une espèce de criminel ? Lui, fils d'avocat, avait-il donc l'étoffe d'un procureur ? « Mon père n'aimerait pas ça ! » songea-t-il, et, pour la première fois, il se dit que le récit qu'il comptait faire à ses parents ne serait peut-être pas très bien accueilli. Après tout, Van der Troost était prêt à acheter Kermoal. Il était précisément la personne à ménager. « Je vais me faire traiter d'idiot, pensa Sans Atout, et l'on me priera de ne pas me mêler de ce qui ne me regarde pas. Et l'on n'aura pas tort ! À moins que cette chapelle… »

Il se remit au travail, souffla sur la table de pierre, l'essuya soigneusement, examina de près les fêlures qui zigzaguaient à sa surface. Avec la lame de son canif, il scruta chacune d'elles, espérant découvrir soudain une rainure et, tandis que ses mains s'affairaient, il poursuivait mélancoliquement son monologue.

« Qu'est-ce que je cherche, au juste ? Est-ce que je crois vraiment que cette dalle va pivoter, basculer, s'ouvrir et qu'un souterrain me conduira aux Mouettes ? Je ne suis tout de même pas si bête. Alors ?... Il y a d'autres chapelles, dans le pays... d'autres autels... Van der Troost n'est peut-être que ce qu'il paraît : un amateur d'art... Mais pourquoi ai-je retrouvé le blessé chez lui ?... Quoi qu'il en soit, j'ai l'air malin, avec mon canif ! »

Il le referma d'un coup sec et s'assit sur la marche de granit, devant l'autel. L'après-midi touchait à sa fin. Les voyageurs n'allaient pas tarder.

« Dommage ! Ces vacances s'annonçaient si bien !... C'était si excitant, ce cheval fantôme !... Et ce petit cheval d'or !... Et même ce chien furieux !... Demain, la vie redeviendra quotidienne. Le soir, on m'ordonnera de dormir. Et dans la journée, on me conseillera de travailler mon allemand... Et Van der Troost achètera Kermoal. Et je n'y reviendrai plus jamais... Et le mystère ne sera jamais résolu !... Et je suis en train de prendre froid ! »

Sans Atout se passa la main sur la nuque. Mais le courant d'air aurait dû venir de la porte. Sans Atout se retourna, et, à genoux devant l'autel, se tint immobile.

Aucun doute. Il sentait maintenant un léger courant d'air sur les yeux. Il les ferma. L'air soufflait plus froid sur la peau très sensible des paupières. Il se pencha pour observer le dessous de la table de pierre. L'autel reposait sur un socle massif, aux sculptures à demi rongées par l'humidité. Le courant d'air sortait du mince interstice qui séparait, par un trait d'ombre, le socle de la dalle de l'autel. L'idée du souterrain s'imposa à nouveau à l'esprit de Sans Atout. Puisqu'il y avait de l'air, il y avait du vide. Donc !…

Il se jeta de tout son poids sur la partie droite de l'autel… et se meurtrit le ventre. Il essaya d'ébranler la partie gauche. Rien à faire. Il n'arriverait à rien par la méthode brutale. S'il y avait un passage – et il y en avait un – aucune gymnastique ne devait être nécessaire pour le démasquer. Ceux qui l'avaient construit s'étaient certainement arrangés pour qu'il fût aisément accessible. Voyons ! Un peu d'astuce ! La table de pierre était mobile, cela ne faisait plus aucun doute. Elle devait donc coulisser sur son socle comme la planchette qui ferme un plumier. Il fallait la pousser dans le sens de sa longueur.

Sans Atout se plaça en face de la partie la plus étroite de l'autel, se cala solidement, dos au mur, et, prenant appui des deux pieds sur le bord de la dalle, poussa de toutes ses forces. Il faillit tomber. La dalle venait de glisser exactement comme il l'avait prévu. Elle se déplaça lentement d'une cinquantaine de centimètres, avec un bruit sourd qui se répercuta sous la voûte. Sans Atout, ébahi, n'osait plus bouger. Ainsi, le miracle avait eu lieu ! Et quand Van der Troost parlait de l'autel, il s'agissait bien de l'autel de la chapelle Pardon. Et si l'un des hommes était blessé, c'était peut-être qu'il avait fait une chute en explorant la cavité qui s'ouvrait maintenant au milieu du socle. La vérité frappait Sans Atout à grands coups. Il avait l'impression qu'une lumière intérieure, d'une intensité insupportable, balayait toutes les questions, éclairait toutes les réponses. Il savait ! Ou du moins, il était sur le point de savoir. Ce que des hommes dans la force de l'âge, aidés par toutes les ressources de l'argent, avaient réussi à faire, non sans peine, il l'avait fait tout seul, lui, Sans Atout. Il était heureux et il avait peur.

Il se pencha sur l'espèce de puits qui s'enfonçait dans les fondations de la chapelle. S'aidant de sa lampe électrique – quelle bonne idée de l'avoir emportée ! – il découvrit des marches, semblables à celles d'une cave. Fallait-il explorer le souterrain ? Il regarda l'heure, encore une fois. Cinq heures dix. Bah ! En se dépêchant !

Il tâta du pied l'étroit escalier, compta huit marches, trouva le sol. Il éclaira les murs, d'un mouvement circulaire. Il se trouvait dans une sorte de caveau à la maçonnerie récente, ce qui ne manqua pas de l'étonner. Il s'était imaginé qu'il allait déboucher en plein Moyen Âge et il reprenait pied dans son siècle !

Deux galeries s'ouvraient devant lui, comme les branches d'un Y. Celle de gauche était la plus spacieuse. On pouvait s'y tenir droit sans difficulté. Sans Atout s'y engagea, observant au passage qu'elle aussi était bétonnée et paraissait comme neuve. Une vague rumeur se

faisait entendre… Le bruit de la mer… Et soudain, Sans Atout comprit : il se trouvait dans un ouvrage du mur de l'Atlantique. Il allait aboutir à quelque blockhaus soigneusement enterré. Pourtant, il ne se rappelait pas qu'on eût jamais fait allusion, devant lui, à un blockhaus. Mais qui pouvait se vanter de connaître toutes les ramifications de cette immense forteresse qui couvrait toute la côte française ? Les occupants du château avaient sans doute édifié un blockhaus secret pour s'y réfugier en cas de bombardement. D'ailleurs, Sans Atout n'allait pas tarder à être fixé. Il arrivait au bout de la galerie. Le bruit de la mer était plus fort et un air plus frais lui soufflait au visage. Encore une dizaine de pas.

La lampe décrivit un rapide arc de cercle et mille feux étincelèrent dans l'obscurité. Ce fut si inattendu que Sans Atout éteignit sa torche comme s'il avait été en danger, comme si des bêtes de l'ombre avaient été tapies, là, prêtes à l'attaquer. Mais comme rien ne bougeait, il ralluma et, partout où se posait le rayon lumineux, des étincelles brillaient. « Je rêve, se dit Sans Atout. Je ne cesse plus de rêver. »

Il se dirigea vers la paroi du fond. Des rayons avaient été construits, du haut en bas, à l'aide de planches grossièrement assemblées et, sur ces rayons, des bijoux, des statuettes, des vases précieux, des ciboires, des reliquaires réfléchissaient le feu de la lampe. C'était la caverne d'Ali Baba ! C'était l'antre de la Fortune ! C'était…

Sans Atout ne savait plus où poser ses regards. À chaque seconde, de nouvelles richesses sortaient de la nuit, car les rayonnages se prolongeaient, à droite, à gauche, faisaient le tour de l'étrange rotonde. Il y avait des tableaux, enveloppés dans des sacs, de la vaisselle d'or et d'argent…

Il y avait aussi des vides, des rayons entièrement dégarnis, avec des empreintes marquées dans la poussière. Le trésor était en cours de récupération.

Sans Atout revit les caisses, dans l'écurie des Mouettes. Pardi ! Van der Troost n'avait pas perdu son temps. Et la preuve… sur une étagère, Sans Atout aperçut un petit cheval d'or, identique à celui que transportait le blessé… Mais il était hors d'état de réfléchir calmement. Il marchait, autour du bunker, ébloui, le cœur battant… Cette statue de saint Gildas, constellée de pierres précieuses… Chaque nouvelle découverte lui arrachait des cris d'admiration. Enfin, quand il eut recouvré partiellement son sang-froid, il éclaira le plafond et aperçut des bouches d'aération qui devaient prendre jour à l'intérieur de quelque fourré de tamaris. Le bunker était si adroitement camouflé que jamais personne n'en avait soupçonné l'existence. Une épaisse porte blindée faisait probablement communiquer ce poste central avec des fortifications légères qui avaient été détruites au moment du débarquement. Pendant des années, les richesses récoltées à travers le pays avaient été entreposées là. Pourquoi les y avait-on oubliées ? Peut-être le responsable du pillage avait-il été muté sur un autre front où il avait disparu ? La chapelle avait gardé son secret. Mais…

L'idée fit sursauter Sans Atout. Les collections de son grand-père se trouvaient certainement dans ce bunker, ou s'y étaient trouvées. Il passa méthodiquement en revue les objets d'art, essayant de se rappeler ce qu'il avait vu sur les photographies conservées à la maison… Cette aiguière, par exemple… Et ce coffret à bijoux en or massif… Il avait maintenant l'impression que tout lui appartenait. Et une autre idée l'emplit d'une joie qui le bouleversa. Plus besoin, maintenant, de vendre Kermoal. Sans Atout ne savait pas très bien quelles démarches son père devrait faire pour rentrer en possession du trésor, mais cela ne devait poser aucun grave problème. Restait à mettre Van der Troost hors d'état de nuire et d'abord à l'empêcher de s'enfuir avec son butin…

Sans Atout était perplexe. Sa lampe commençait à rougeoyer. Il aurait dû prévoir une pile de rechange. Et il y avait encore la galerie de droite à explorer.

Après un dernier coup de lumière, pour emporter l'image extraordinaire du trésor scintillant, il rebroussa chemin. Presque six heures. Cette fois, il courrait le risque d'arriver au château après ses parents. Tant pis ! Il ne pouvait vraiment pas laisser sa tâche inachevée.

Une pensée sinistre le visita : si Van der Troost ou l'un de ses complices pénétrait dans la chapelle, repoussait la pierre de l'autel, ou bien venait voir qui se permettait de se promener dans les souterrains ? Dans les deux cas, Sans Atout était perdu. Mais, pour atteindre la chapelle, il fallait escalader le mur, ou entrer par la grille, bref, pénétrer dans la propriété sans être vu par les Jaouen. En pleine nuit, c'était peut-être possible. Pas au crépuscule. Sans Atout disposait encore d'un certain délai. Il n'hésita pas et s'engagea dans la galerie inconnue.

Tout de suite, il remarqua qu'elle était plus ancienne. Elle avait été réparée, consolidée, refaite par endroits, mais on reconnaissait, çà et là, la roche primitive. Il s'agissait sans doute d'un souterrain, construit autrefois pour joindre la chapelle au château. Au fond, rien de plus normal ! Cette chapelle n'avait pas toujours été en ruine. Il y avait peut-être eu, dans un lointain passé, une époque où les habitants de Kermoal assistaient à la messe sans sortir, en quelque sorte, de chez eux. Ou, plus simplement, le souterrain, en cas de danger, permettait de fuir. C'était une issue de secours.

Tout en roulant ces pensées dans sa tête, Sans Atout avançait rapidement. Il avait oublié de compter ses pas, mais il avait déjà parcouru une certaine distance quand il aperçut les marches d'un escalier. Il les gravit silencieusement, se demandant où il allait faire surface. Il fut obligé de s'arrêter sous une trappe. Aurait-il la force de la soulever ?

Il accrocha sa lampe à la ceinture de son pantalon et s'arc-bouta. La trappe se souleva facilement et vint s'appuyer verticalement au mur. Un genou sur le rebord, Sans Atout éclaira autour de lui. Il était dans un vaste placard, complètement vide. Il se mit debout, écouta. Pas le moindre bruit. La porte du placard était fermée par un loquet. Sans Atout l'ouvrit. Devant lui, tout était noir et silencieux. C'était encore plus impressionnant que le bunker. La lampe ne projetait plus qu'une tache ovale de lumière crachotante. Mais dès que Sans Atout eut éclairé les murs, la fenêtre dont le rideau était soigneusement tiré, il s'orienta sans peine.

Il se trouvait dans l'aile sud de Kermoal, tout près de la chambre de Jean-Marc, dans la pièce que celui-ci appelait son « laboratoire ». D'ailleurs, des tables encombrées d'objets bizarres en faisaient foi. Mais Sans Atout ne voulait pas s'attarder. Il essaya d'ouvrir la porte qui donnait sur la chambre. Elle était fermée à clef. Il n'insista pas. En se dépêchant, il aurait encore assez de lumière pour revenir par le souterrain. Il repassa donc dans le placard, referma la trappe et, courant presque, rejoignit la chapelle. La pierre de l'autel se replaça dans son logement au prix d'un effort très modéré. Ouf ! Sans Atout s'épongea le front. Maintenant, il commençait à comprendre. Six heures vingt. Il était affreusement en retard. La nuit tombait. Il courut jusqu'au château.

Sans Atout sur la piste

Les Jaouen avaient l'air consterné.

– Tes parents ont eu un petit accident. Ils ont téléphoné. Ce n'est pas grave. Un accrochage à la sortie de Guingamp. Mais il a fallu faire un constat. Finalement, ils passent la nuit là-bas. Ils n'arriveront que demain dans la matinée.

– Ils ne sont pas blessés ?… C'est bien vrai ?

– Puisqu'on te le dit. Mais la voiture a besoin de passer au garage.

Sans Atout était affreusement déçu et ce fut sans joie qu'il s'attabla devant la matelote.

– Moi qui l'avais si bien réussie, répétait Marguerite. Qu'est-ce que je vais bien pouvoir leur faire, demain ?

On passa en revue les spécialités dont elle avait le secret. Sans Atout s'efforçait de jouer le jeu avec entrain, pour éviter toute question sur son emploi du temps de l'après-midi.

– Des soles à la normande ? proposa-t-il.

– Non, c'est lourd.

– Du turbot au gratin ?

– C'est long à préparer. Mais si Jean-Marc veut bien m'emmener au marché de Lannilis ?

– Bien sûr, opina Jean-Marc. La voiture, maintenant, marche comme une horloge.

– J'aurais pourtant voulu être là pour les recevoir, gémit Marguerite.

La conversation continuait, et, tout en donnant la réplique, Sans Atout revoyait, en pensée, les ciboires, les reliquaires, les précieuses statuettes.

– Je me demande, dit Jaouen, ce qui sent la pharmacie comme ça. Vous ne trouvez pas qu'il y a une odeur d'éther, ici ?

Sans Atout rougit. Bien sûr, il aurait dû se changer.

– De l'éther, s'écria Marguerite. C'est toi, mon pauvre homme, qui apporte ici des odeurs de peinture et de goudron, avec ton bateau... Tu sens quelque chose, Jean-Marc ?

– Non.

– Et toi, François ?

– Moi non plus.

Le bateau était un thème inépuisable. Le danger était passé. On atteignit le dessert sans encombre. Sans Atout tombait de sommeil. Ses nerfs avaient été mis à rude épreuve. Il s'en souviendrait, de cette journée !

– Tu dors debout, mon François, remarqua Marguerite. On ne va tout de même pas obliger ce pauvre petit à veiller.

– Et si on allait se coucher tous ? fit Jaouen.

– Non, protesta Sans Atout. Je ne suis pas fatigué. C'est vrai que j'ai un peu sommeil. Le grand air !... Je ne suis pas encore habitué. Mais il faut absolument savoir si le cheval rend visite au château toutes les nuits. Nous monterons tous dans ma chambre, comme hier soir.

– Tu devrais nous apporter ton eau-de-vie de prune, dit Jaouen à sa femme. Ça aiderait.

– Bonne idée ! approuva Jean-Marc.

La veillée s'organisa. Jean-Marc et Sans Atout allumèrent une riche flambée. Marguerite prépara un en-cas plantureux. L'atmosphère n'était plus du tout la même que la veille, peut-être parce que Sans Atout faisait preuve d'une bonne humeur communicative. Mais à peine fut-il assis, au coin du feu, sa tête tomba sur sa poitrine. Il sentit vaguement que Marguerite lui étendait une couverture sur les genoux. Il était bien. Il les entendait parler à voix basse. Les bûches craquaient. Il sombrait dans un engourdissement délicieux. Le sommeil appesantissait ses membres, mais il conservait un reste de conscience, un coin de pensée claire, et il récapitulait tous les événements de ces dernières heures ; il essayait de les embrasser d'un même regard, de les lier en une seule histoire. Certains éléments lui manquaient encore. D'autres se raccordaient sans difficulté. Quel dommage que ses parents...

Il s'endormit pour de bon. Ce fut la main de Jean-Marc sur son épaule qui le réveilla :

– Bois ça, vieux.

Jean-Marc chuchotait. Les Jaouen, écroulés dans leurs fauteuils, dormaient profondément. Sans Atout chauffa dans sa main le petit verre que lui offrait Jean-Marc.

– Quelle heure est-il ?

– Presque minuit.

Sans Atout avala une gorgée d'alcool, faillit tousser.

– Je suis prêt, murmura-t-il.

Les deux garçons écartèrent les persiennes. La nuit était paisible. La mer se berçait à petit bruit.

– On l'entendra venir de loin, dit Jean-Marc.

Sans Atout se sentait prodigieusement intéressé, non plus comme quelqu'un qui va assister à un prodige, mais comme quelqu'un qui va faire une expérience, vérifier une hypothèse.

– Tiens, le voilà, dit-il tranquillement.

Le cheval, comme les nuits précédentes, arrivait par la grille. Il trottait, puis il s'approcha au petit pas, ses fers résonnant parfois sur un caillou et parfois s'étouffant dans l'herbe.

– Attends, souffla Sans Atout, je vais essayer de faire un croquis.

Il revint bientôt avec un bloc et un crayon feutre, et, à la pâle clarté de la lune, commença à tracer en pointillé le chemin capricieux suivi par le cheval fantôme. Là où l'étrange animal s'arrêtait, Sans Atout traçait un petit cercle. Penché sur son épaule, Jean-Marc le regardait opérer avec un intérêt de plus en plus vif. Le cheval n'était plus bien loin, maintenant, des deux guetteurs.

– Passe-moi ma lampe, dit Sans Atout. Elle est sur la table de nuit.

Jean-Marc rapporta la lampe, sur la pointe des pieds.

– La pile est morte, observa-t-il.

– Ça ne fait rien.

Sans Atout dévissa l'extrémité de la torche et retira la pile usée. C'était un cylindre massif et lourd que Sans Atout saisit fermement. Il attendit le moment où le cheval passa au pied de la fenêtre et, de toutes ses forces, il lança le projectile, qui s'écrasa sur les pierres, et vola en morceaux, à l'endroit exact où piétinaient les sabots. Les deux garçons se penchèrent d'un même mouvement.

— Tu l'entends ? dit Sans Atout. Il est toujours là.

— Forcément, dit Jean-Marc. Il ne vit pas dans notre temps à nous. Je ne sais pas comment t'expliquer cela ; je ne suis pas bien sûr de comprendre moi-même. Mais tout se passe comme si ta pile ne pouvait l'atteindre, parce qu'elle est de maintenant, tandis que lui est d'autrefois.

Le cheval piaffa, poussa un hennissement très doux et secoua la tête, ce qui provoqua un cliquetis compliqué.

— Il est d'autrefois, se moqua Sans Atout, mais il laisse des empreintes dans la terre d'aujourd'hui.

— Justement. C'est bien ce que je ne m'explique pas.

— Et moi, je dis que ce qui est vrai dans un sens doit l'être dans l'autre. S'il sort de son passé pour laisser des traces dans le présent, il n'y a pas de raison pour qu'un objet lancé maintenant ne l'atteigne pas dans le temps où il a vécu. Or, je ne l'ai pas touché et pourtant, tu as vu, j'ai visé juste.

— Qu'est-ce que tu en conclus ?

Sans Atout faillit répondre, mais se contenta de hausser les épaules. Bientôt le cheval s'éloigna et Sans Atout, l'oreille tendue, compléta son dessin.

– Cela t'apprend quelque chose ? demanda Jean-Marc.

– Je ne sais pas encore. Si tu veux, cela m'aide à ne plus prendre le phénomène au sérieux.

– C'est pourtant un vrai cheval, objecta Jean-Marc.

– Non, dit Sans Atout gravement. C'est seulement un vrai bruit. Ce n'est pas du tout la même chose.

L'air vif qui entrait par la fenêtre tira les Jaouen de leur sommeil.

– Quelle heure est-il ? demanda Marguerite.

– Minuit et demi, répondit Sans Atout.

– Ah ! mon Dieu ! Il est venu ?

– Eh oui. Il vient juste de partir.

Le père Jaouen secoua la tête.

– Ce ne sera pas facile de nous débarrasser de cette saleté ! observa-t-il. M. Robion devrait peut-être prévenir ce Hollandais...

– Oh ! Il le fera certainement, dit Sans Atout.

– Encore une nuit gâchée, gémit Marguerite. Allons, les petits, vite ! Au lit !

On se sépara. Les Jaouen se retirèrent, toujours anxieux. Jean-Marc aurait voulu s'attarder, questionner Sans Atout dont l'attitude l'intriguait de plus en plus, mais Marguerite l'entraîna.

Et, quand Sans Atout fut seul, il lança un formidable : « Youpee ! » et fit une cabriole sur le lit. Puis il se déshabilla en chantonnant.

Le lendemain matin, il logea une pile neuve dans sa torche, enfila un vieux blouson qui le laissait bien libre de ses mouvements et descendit déjeuner. Marguerite était en train de dresser la liste de tout ce qu'elle se proposait d'acheter à Lannilis. Elle voulait partir de bonne heure.

– Tu viens faire un tour au bateau ? proposa Jaouen à Sans Atout.

– J'irai vous rejoindre tout à l'heure.

– En route ! cria Jean-Marc, qui venait d'amener la 2 CV.

Une demi-heure plus tard, Sans Atout était seul au château. Il paraissait de plus en plus excité, se frottait les mains et parlait tout seul. Il s'accorda encore quelques minutes de répit, puis se dirigea vers la chapelle Pardon. Là, en quelques mouvements précis, il fit coulisser la pierre de l'autel et dégringola les marches du passage secret. Puis il s'engagea résolument dans la galerie de droite.

« C'est Van der Troost qui va en faire une tête ! pensait-il. La main dans le sac ! Il va être pris la main dans le sac ! »

Un rendez-vous inattendu

M. et Mme Robion arrivèrent au moment où Marguerite et Jean-Marc revenaient du marché. Ils entrèrent tous dans la cuisine où Jaouen les rejoignit bientôt. Les retrouvailles, comme toujours, furent chaleureuses. On aida Jean-Marc à vider la 2 CV.

— Où est François ? s'inquiéta Mme Robion.

— Oh ! Il a dû partir faire un tour. On ne savait pas à quelle heure vous seriez là… Il n'est sûrement pas loin.

— Il a été sage ? demanda M. Robion. Il ne vous a pas donné trop de mal ?

— Lui ! Le pauvre ! Il est si gentil ! Mais vous prendrez bien quelque chose. Vous devez être fatigués.

— Ma foi, dit M. Robion, un peu de café nous ferait plaisir.

Ils s'installèrent familièrement, comme ils en avaient l'habitude. Pendant que Marguerite, aidée de Mme Robion, disposait les tasses et s'affairait autour de la cuisinière, l'avocat interrogeait Jaouen.

– Il y a eu beaucoup de visiteurs ?… Vous n'avez pas été trop dérangés ?

– Dame ! On est là pour ça ! On a vu surtout une espèce de Hollandais, un nommé Van der quelque chose… Il a laissé sa carte, vous verrez. Il a l'air sérieusement intéressé… Seulement, il y a autre chose, autre chose de bien ennuyeux…

– Mon pauvre homme, s'écria Marguerite qui passait près de lui ; tu ne pourrais pas attendre ?

– Qu'est-ce qu'il y a donc ? questionna maître Robion, intrigué. De nouveaux dégâts ?… De nouvelles réparations ?…

– Mais non, dit Marguerite. Buvez d'abord votre café pendant qu'il est chaud.

– Je vois bien que vous me cachez quelque chose de désagréable, dit maître Robion. Parlez, père Jaouen. J'aime autant savoir tout de suite.

Les deux Jaouen se regardèrent, affreusement embarrassés.

– C'est donc si ennuyeux ?

– Oh oui ! dit Marguerite. Voilà… Il y a un fantôme.

Mme Robion joignit les mains.

– Un fantôme ! Quelle horreur !

Maître Robion éclata de rire.

– Un fantôme ! Il ne nous manquait plus que ça… Un noble seigneur de jadis, sans doute.

– Non. Un cheval ! dit Jaouen.

Maître Robion cessa de rire, et s'adressant à Jean-Marc :

– Voyons !… Qu'est-ce que c'est que cette histoire ?

– C'est vrai, dit Jean-Marc. Chaque nuit, un cheval entre dans la propriété et passe devant le château. On ne le voit pas, mais on l'entend.

– Qui l'a entendu ?

– Nous… François…

– François ! dit Mme Robion. Lui qui est si impressionnable !

– Mais c'est ridicule, fit maître Robion. Père Jaouen, vous êtes raisonnable, vous ! Sérieusement, vous avez entendu… ce cheval ?

– Oui, dit Jaouen. Et vous l'entendrez aussi. Il vient tous les soirs, à minuit.

– Eh bien, c'est un cheval qui s'est échappé de son écurie et qui rôde autour des murs, voilà tout. Comme il fait noir, vous ne pouvez pas le voir. Il n'y a rien de mystérieux là-dedans. Je crois que…

Il s'interrompit. Quelqu'un courait, dehors. La silhouette de Sans Atout apparut sur le seuil.

– De loin, j'ai aperçu la voiture… Je ne vous attendais pas si tôt. Vous avez pu réparer ?

Il embrassa longuement ses parents, remarqua l'attitude embarrassée des Jaouen.

– Ça y est, reprit-il. Je suis sûr que vous parlez du cheval.

– En effet, dit maître Robion. Nous parlons du cheval et j'ai bien l'impression que quelqu'un a cherché à se moquer de vous.

– Mais non, papa… C'est bien vrai. Il y a un cheval fantôme. Et je t'avoue que, la première fois qu'on l'entend, c'est impressionnant.

– S'il y a un fantôme, j'aime mieux m'en aller tout de suite, dit Mme Robion.

– Ah non, par exemple ! fit Sans Atout. Jamais de la vie ! Ce soir, nous le guetterons ensemble. C'est passionnant !

Maître Robion vida sa tasse, calmement.

– Il est toujours aussi délicieux, votre café, Marguerite, déclara-t-il. Et maintenant, si on s'expliquait clairement. Vous prétendez qu'il y a un cheval fantôme. Bon ! Depuis quand se manifeste-t-il ?

– Eh bien, dit Jaouen, on ne sait pas exactement. C'est Jean-Marc qui, un soir, a remarqué le... la chose.

– Oui, dit Jean-Marc, qui, en quelques mots, raconta dans quelles circonstances il avait, pour la première fois, constaté le phénomène. Alors, nous sommes tous allés nous poster dans l'aile nord...

– Pourquoi, l'aile nord ? interrompit maître Robion.

– Parce que le cheval se dirigeait de ce côté-là. Et nous l'avons entendu tous les trois... Il est passé à quelques mètres de nous.

– Et vous ne voyiez rien ?

– Rien.

– C'est la vérité vraie, déclara Jaouen, solennellement.

– Vous avez entendu un écho, reprit maître Robion.

– C'est impossible, papa ! intervint Sans Atout. Dans la lande, le cheval est en terrain découvert. Il n'y a pas de murs, pas d'arbres, juste quelques rochers. Comment pourrait-il y avoir un écho ?

– Et qu'est-ce qu'il fait, ce cheval ?

– Il se dirige vers le château. Tantôt il va au pas, tantôt il trotte. Il s'arrête plusieurs fois, à peu près toujours aux mêmes endroits. Finalement, il fait une grande pause. D'ailleurs, voici un croquis, que j'ai exécuté aux bruits, la nuit dernière.

Sans Atout sortit le plan de son portefeuille et le tendit à son père.

– Le pointillé indique le trajet qu'il suit… un trajet en zigzag, comme tu vois… Les ronds indiquent les endroits où il s'arrête… et les croix, les endroits où il fait les bruits les plus caractéristiques… par exemple des bruits métalliques, des bruits de harnachement… Le carré marque l'endroit où l'on entend le cavalier ; enfin, moi, du moins, j'ai cru entendre un claquement de langue… Jean-Marc prétend que je me trompe. Mais je suis à peu près sûr que non.

Maître Robion examina le plan, puis le fit circuler. Il alluma une cigarette d'un air pensif.

– Si c'est vrai…, commença Mme Robion.

– Mais ce n'est pas vrai, l'interrompit l'avocat. Je veux dire : c'est peut-être vrai, mais d'une autre manière qui n'est pas du tout surnaturelle. Tant que je n'aurai pas moi-même vérifié…

– Tu pourras vérifier ce soir, dit Sans Atout.

– Il est probable, reprit Jean-Marc, que le phénomène a un rapport quelconque avec la légende de la chapelle Pardon…

Et il raconta l'histoire du comte de Trevor et du seigneur de Brigognan. Maître Robion souriait.

– Je connais, dit-il, je connais… Je trouve le conte très joli. Ce cheval qui vient chercher le blessé…

– Mais le blessé, on l'a trouvé ! s'écria Sans Atout.

– Quoi ?

– C'était un vrai blessé !

Et Sans Atout raconta à son tour l'épisode de l'homme évanoui et sa mystérieuse disparition.

– On a même failli prévenir les gendarmes, dit Jaouen.

– Eh bien, eh bien, il s'en est passé des choses, en notre absence, dit maître Robion d'un ton qu'il s'efforçait de rendre léger. Mais, ne dramatisons pas. Tout cela trouvera son explication en son temps.

Sans Atout admirait le calme de son père, et, en même temps, il éprouvait une joie intense, car il savait, lui ! Il connaissait depuis deux heures toute la vérité, mais il ne pouvait la faire éclater. Pas encore !

– Nous nous installons, reprit maître Robion. J'ai bien l'intention de me reposer quelques jours et je ne permettrai pas à votre cheval de troubler nos vacances. Et toi, François, ne te monte pas la tête. Je te vois tout excité. Calme-toi !

– Jean-Marc, occupe-toi des bagages ! dit Jaouen.

Les allées et venues commencèrent, mais sans entrain. Mme Robion cachait mal sa frayeur. Elle tenait des conciliabules avec Marguerite. Maître Robion affichait trop ouvertement une tranquillité d'esprit qu'il était loin de ressentir. Jaouen avait une mine de coupable et Jean-Marc n'était pas trop fier, lui non plus.

Les Robion prenaient toujours leur premier repas à Kermoal avec les Jaouen. C'était de tradition. Au déjeuner, la conversation obliqua tout de suite vers le cheval, malgré les protestations de Mme Robion, et les belons, pourtant succulentes, passèrent presque inaperçues.

— Puisqu'on pense à ce cheval, dit maître Robion, autant parler de lui. Ça soulage.

— Attention ! précisa Sans Atout. Ils sont plusieurs.

— Allons bon, plaisanta maître Robion. Voilà qui est nouveau.

— Les bruits ne sont pas toujours les mêmes. On a l'impression que ce n'est pas toujours le même cheval qui passe. En tout cas, ils suivent tous sensiblement le même chemin, font les mêmes crochets.

— Tu ne nous avais pas dit ça, fit Jaouen.

— Je vous voyais bien assez tourmentés. Mais maintenant, nous sommes en force et nous ne devons négliger aucun aspect du problème.

— Parce que, pour toi, c'est un problème, dit maître Robion. À la bonne heure ! Tu as raison de ne pas accepter sans discussion. Je suis un peu renseigné sur les phénomènes anormaux. La plupart du temps, ils cachent une supercherie.

— Pourtant…, commença Jaouen.

— Nous ne trouverons peut-être pas tout de suite le mot de l'énigme, continua maître Robion, mais, demain, quand j'aurai été moi-même le témoin de la chose, j'alerterai la gendarmerie. Je ferai boucler le château et, vous verrez, on mettra sûrement la main sur un gibier non pas à quatre mais à deux pattes. Ce Duchizeau, qui m'a fait une offre si ridicule, il n'est pas revenu ?

– Si, dit Sans Atout. Il a même amené un autre visiteur. Ils ont fureté partout. Duchizeau prétendait qu'il fallait raser Kermoal et construire, à la place, des bungalows.

– C'est peut-être lui qui a manigancé quelque chose. Il a peut-être engagé un bruiteur, pour dévaloriser le château. Je dis n'importe quoi, en ce moment, mais c'est pour vous montrer qu'on ne doit pas rester plongés dans la stupeur que cause l'inexplicable.

– C'est quoi, au juste, un bruiteur ? demanda Marguerite.

– C'est quelqu'un qui, avec des moyens très simples, fabrique des bruits dont on a besoin quand on tourne un film, ou quand on fait des émissions à la radio.

– Ingénieux, dit Sans Atout, mais impossible. On le verrait.

Il rougit. C'était la première fois qu'il discutait avec son père d'égal à égal. Mais un problème est un problème. Une évidence est une évidence. Maître Robion lui jeta un regard malicieux et approuva de la tête.

– Tu as raison, François. Il ne faut pas sauter sur la première hypothèse venue. Tout à l'heure, nous irons sur le terrain. Nous tâcherons d'imaginer une solution vraisemblable… Remarquable, votre turbot, Marguerite !

La pauvre femme montra un visage ravi. Jusque-là, son turbot n'avait eu l'air d'intéresser personne.

– Et mon cidre doux ? quémanda Jaouen.

– Une merveille, comme toujours.

La bonne chère faisait peu à peu reculer le fantôme.

– Moi, reprit Jaouen, au choix, j'aime mieux un cheval. Les revenants qui se promènent à l'intérieur des vieilles maisons, c'est beaucoup plus gênant.

– Ce que je ne comprends pas, dit maître Robion, c'est pourquoi l'auteur de cette détestable plaisanterie a choisi un cheval. Car il ne fait aucun doute que nous avons affaire à un mauvais plaisant. Mais pourquoi un cheval ? C'est pittoresque, sans doute, mais moins alarmant, moins troublant qu'un homme…

– La légende, intervint Jean-Marc.

– D'accord. Mais François a parlé d'un cavalier. Vous ne croyez pas que le bruit d'un guerrier, avec les froissements de métal d'une armure, les tintements de l'épée, aurait produit un effet beaucoup plus impressionnant ?

Sans Atout approuvait. Il voyait son père s'avancer à tâtons vers la vérité et il avait envie de lui crier : « Dans le feu… dans l'eau… Tu recommences à brûler… » Mais il devait se taire encore.

Les crêpes au miel ménagèrent un court entracte. Le café fut promptement avalé.

– Maintenant, dit maître Robion, nous allons nous rendre compte sur place. J'emmène les jeunes gens. Nous ne mettrons pas longtemps.

Ils sortirent de la propriété, s'arrêtèrent à quelques pas de la grille.

– Les premiers bruits semblent venir d'ici, dit Sans Atout.

– Un peu plus à droite, rectifia Jean-Marc.

Maître Robion regarda autour de lui.

– N'importe comment, murmura-t-il, ce ne peut être un écho… Bizarre !

– Ensuite, reprit Sans Atout, le cheval traverse la grille, puis il serpente à travers la lande… Il fait notamment un crochet par ici.

Maître Robion observait attentivement l'itinéraire qu'ils étaient en train de suivre.

– Curieux qu'il n'aille pas en ligne droite, remarqua-t-il. Pourquoi tous ces détours ?

– Et il s'arrête. On l'entend remuer, piaffer… Nous avons même relevé une empreinte ici, juste au pied du rocher.

– Une empreinte ! s'écria maître Robion. Pourquoi ne nous en as-tu pas parlé plus tôt ?

– J'ai oublié.

– Une empreinte ! C'est absolument impossible.

– Peut-être. Mais ce cheval n'est pas un cheval comme les autres.

Maître Robion sentit, dans la voix de son fils, comme une note d'ironie.

– On dirait que cela t'amuse, François. Je me trompe ?

– Oh ! non ! Cela me passionne.

– Aimerais-tu les enquêtes ? Déjà !

– Je trouve cela formidable.

– Eh bien, tu es servi… Et ensuite ?

– Ensuite, le cheval oblique vers l'aile nord. Il se rapproche du château… plus près, encore plus près… Et puis il passe juste sous la fenêtre de ma chambre. Et après, il fait une nouvelle station, assez prolongée… Avoue que, de là-haut, par clair de lune, on devrait voir quelque chose…

– En effet.

Maître Robion alluma une cigarette et, mains au dos, il fit quelques pas en silence, entre les massifs d'ajoncs.

– Au bout d'un moment, il repart, acheva Sans Atout, mais cette fois il ne s'arrête plus.

– Et c'est un vrai cheval ? interrogea maître Robion. Ce n'est pas un bruit imité ?

– Non. C'est bien un vrai cheval. On entend la gourmette, le bruit du mors qu'il mâche. On l'entend souffler.

– Bon ! Attendons ce soir. Tant que je ne me serai pas rendu compte moi-même, il me sera impossible de me prononcer. D'ici là, parlons d'autre chose, à cause de ta mère. Tu as vu comme elle est nerveuse. Et j'avoue qu'il y a de quoi !

On alla à Brest, car la belle DS 21 de maître Robion présentait, du côté où s'était produit l'accrochage, une petite fuite d'huile. On se promena le long de la magnifique rade et, naturellement, on parla encore du cheval. Mme Robion aurait voulu rentrer à Paris. Très peureuse de nature, elle ne s'était jamais sentie parfaitement à son aise à Kermoal. Et puis, ce château était beaucoup trop grand pour son goût.

– Vendons-le vite, puisqu'on a une offre, disait-elle.

– C'est bien mon intention, répliquait l'avocat, mais je veux d'abord tirer cette affaire au clair. Il y a sûrement quelqu'un, dans la coulisse, qui veut me forcer la main et m'obliger à tout lâcher pour une bouchée de pain. Je ne me laisserai pas filouter.

Sans Atout ne disait rien. Il savourait d'avance sa victoire. Il savait que le vieux Kermoal ne serait jamais vendu. Il savait que, si tout marchait comme il le prévoyait, le cheval ne se manifesterait jamais plus. Mais, patience ! Encore quelques heures !

Ce n'est rien, quelques heures, et pourtant celles-ci n'en finissaient plus. Sans Atout porta dans sa chambre une provision de bois, car on monterait la garde dans cette pièce qui était la mieux située. La brave Marguerite, toujours sur la brèche, confectionna quantité de gourmandises : « pour ces messieurs », comme elle disait, et l'on eût pu croire que « ces messieurs » préparaient une partie de chasse, à les voir prendre leurs dispositions de combat, vérifier les lampes électriques, disposer de nouveaux sièges… Il ne manquait que les fusils, mais maître Robion s'était muni d'un appareil photographique et, dès que la nuit fut venue, il essaya ses flashes, car il avait l'intention de faire quelques photos à bout portant.

Après un dîner rapide, on prit position dans la chambre. Les deux femmes se retirèrent dans un coin, près du feu. Maître Robion proposa de faire un piquet, car il savait que Jaouen adorait jouer aux cartes. On joua donc, jusqu'à onze heures. Après, chaque minute commença à peser lourd. La nuit était claire ; la lune, déjà rongée sur un bord, s'élevait à peine sur l'horizon.

– Conditions idéales, déclara avec entrain maître Robion.

Sans Atout restait silencieux, mais il se sentait de plus en plus tendu ; il se demandait si tout allait se dérouler comme il l'avait prévu. Il était comme un auteur avant le lever du rideau et le trac lui tordait le ventre.

Mme Robion et Marguerite avaient cessé de tricoter. À minuit moins le quart, l'avocat poussa les persiennes. Le ciel était plein d'étoiles. Chacun se taisait, écoutait. Maître Robion, son appareil photographique à la main, effectua quelques réglages. Sans Atout suivait l'heure sur sa montre. Il se leva, rejoignit son père.

– C'est le moment, chuchota-t-il.

À la même seconde, du côté de la grille, retentit le bruit des sabots. Les femmes étouffèrent un léger cri. L'avocat, penché à la fenêtre, tendait le cou et la stupéfaction se lisait sur son visage.

– Tu vois, papa, murmura Sans Atout. Nous n'exagérions pas.

– Tais-toi !

Le cheval se rapprochait. Ses fers résonnèrent. Ses naseaux devaient souffler une vapeur légère. C'était le tour de maître Robion de l'imaginer, avançant de biais, nerveux, l'œil brillant, un peu fou, secouant la tête… et justement le cliquetis de la gourmette se fit entendre. L'avocat regardait de tous ses yeux l'espace désert.

– Étonnant ! dit-il.

Malgré tout son sang-froid, il était ému. Ses mains se crispaient sur l'appareil. Sans Atout, lui, retrouvait son calme. Maintenant, il était sûr de gagner la partie.

– Il va piaffer, annonça-t-il.

Et le cheval piaffa.

– Il va hennir.

Et le cheval hennit, très doucement.

Sans Atout avait le spectacle bien en main.

– Il va venir vers nous.

Le cheval prit le trot, passa sous la fenêtre. L'éclair du flash illumina la nuit. Un déclic. Un autre déclic.

– Ne te presse pas, conseilla Sans Atout. Il va rester là assez longtemps.

– Incroyable !

– Attends ! Le plus drôle est à venir.

Mme Robion s'était approchée, craintivement.

– Tu vois quelque chose ? demanda-t-elle à son mari.

– Rien. Mais je l'entends remuer.

Un nouvel hennissement, et soudain une voix s'éleva, au pied du mur, et tout le monde sursauta. Tout le monde, sauf Sans Atout.

– Ici le cheval fantôme… Le cheval fantôme vous parle…

Cette voix ?… C'était celle de Sans Atout, mais caverneuse, déformée. Sans Atout souriait. Il était payé de ses peines.

– Si vous désirez connaître le mot de l'énigme, continuait la voix, rendez-vous tous dans le laboratoire de Jean-Marc… Le cheval fantôme vous y attend. Bonsoir !

Il y eut un claquement de langue et le cheval sembla faire un bond. L'avocat s'adossa à la fenêtre et regarda son fils.

– Qu'est-ce que ça signifie ?

– Demande à Jean-Marc.

Jean-Marc baissait la tête.

– Eh bien, Jean-Marc ?

Il était visible que le garçon ne parlerait pas. Les yeux fuyants, il paraissait accablé. Jaouen, lui, était furieux. Il le secoua par le bras.

– Tu vas répondre, oui ?

– Je regrette…, balbutia Jean-Marc.

– Allons, intervint l'avocat, tout cela n'est pas dramatique. Je crois que je commence à comprendre. Il n'y avait, d'ailleurs, pas d'autre explication possible. Faisons ce que le cheval nous conseille.

Sans Atout prit la tête de la petite troupe et l'on parcourut les grandes salles vides du rez-de-chaussée jusqu'à l'aile sud. On traversa ensuite la chambre de Jean-Marc. Celui-ci tira une clé de sa poche et ouvrit la porte de son « laboratoire ».

– Stop ! ordonna Sans Atout. Les volets sont bien fermés ? Les rideaux tirés ?

– Oui, souffla Jean-Marc.

Alors Sans Atout tourna le commutateur et le laboratoire s'éclaira. Tout de suite l'avocat repéra le gros magnétophone.

– Ah ! Ah ! s'exclama-t-il. La clé du mystère, sans doute !

– Exactement, fit Sans Atout.

Et tandis que les assistants se rangeaient autour de lui, il appuya sur le bouton qui commandait la marche arrière, puis, quand la bande se fut enroulée en sens inverse, il abaissa une manette et pesa sur un autre bouton. Presque aussitôt, on entendit le pas du cheval.

— Et voilà ! fit Sans Atout. Pas plus difficile que ça !

Les Jaouen écoutaient, figés. Jean-Marc s'assit sur une chaise et enfouit son visage dans ses mains.

Maître Robion examinait avec curiosité les appareils compliqués qui flanquaient le magnétophone : manettes, voyants lumineux, leviers, touches sur lesquelles on pouvait lire : 1er micro... 2e micro... 3e micro... Il hocha la tête.

— Compliments, Jean-Marc. C'est une installation complète de son ct lumière. Mais...

— Chut ! dit Sans Atout. On vient !

Face à face

Un craquement leur parvint du placard. Sans Atout bondit sur le commutateur et éteignit. Ils entendirent un piétinement, puis le bruit d'une respiration un peu haletante et, enfin, le très léger grincement de la porte du placard. Sans Atout ralluma.

– Bonsoir, monsieur Van der Troost, dit-il. Nous vous attendions... Maître Robion, mon père... Ma mère... Vous connaissez M. et Mme Jaouen. Et, bien sûr, je ne vous présente pas Jean-Marc.

Le Hollandais les regardait les uns après les autres. Il n'avait plus l'air d'un industriel florissant et bonhomme. Il paraissait furieux et, surtout, complètement décontenancé.

– Ainsi, dit maître Robion, on entre chez moi à toute heure. On manigance je ne sais quoi. Savez-vous, monsieur, que je pourrais vous faire arrêter !... Mais d'abord, par où êtes-vous venu ?

– Par le souterrain, dit Sans Atout.

– Quel souterrain ?

– Je vais vous l'expliquer… Jean-Marc, va nous chercher des chaises.

Sans Atout prenait calmement la direction des opérations. Il sentait à quel point son père était étonné et il avait bien l'intention de le surprendre davantage encore.

– Vous connaissez l'épisode du blessé, commença-t-il. Quel était cet homme et pourquoi avait-il un petit cheval d'or dans sa poche ? Mais, surtout, pourquoi avais-je trouvé dans sa main – cela, j'ai fait exprès de vous le cacher – un bouton qui appartenait à Heinrich, le chauffeur de monsieur ?… C'est ce bouton qui m'a mis sur la piste… Merci, Jean-Marc… Asseyons-nous.

Van der Troost refusa le siège. Il essayait de récupérer sa dignité perdue en se donnant le visage d'un homme profondément offensé. Sa mimique signifiait clairement : « Je reste, non parce que vous l'exigez – je n'ai d'ordre à recevoir de personne – mais parce que je me réserve de réduire à néant les insinuations de ce petit morveux. »

– Je me suis donc introduit chez monsieur, villa « Les Mouettes », à Porspoder.

– François ! s'écria Mme Robion. Qu'est ce que c'est que ces manières ?

– Va, va, dit maître Robion.

– J'ai découvert le blessé, et, près de lui, le petit cheval d'or. Et puis j'ai vu monsieur, en compagnie de son chauffeur, qui sablait le champagne avec l'homme, pour fêter sa rapide guérison, et aussi, me sembla-t-il, en signe de réconciliation. J'ai compris alors qu'ils

156

étaient complices. Mais qu'est-ce qu'ils mijotaient ensemble ? Je l'ignorais. Monsieur parlait allemand, et très vite, mais je pus attraper quelques mots au vol : *Burg… Kapelle… Altar…* château… chapelle… autel… C'est ce mot d'autel qui me donna l'éveil… Je réussis à m'enfuir, malgré l'opposition du chien-loup de monsieur.

Là, Sans Atout hésita et jugea préférable de passer sous silence les péripéties de sa fuite. Il ne voulait pas effrayer inutilement ses parents. Mais maître Robion ne l'entendait pas de cette oreille.

— Comment as-tu fait ? demanda-t-il.

— Eh bien… Il y avait un paquet d'ouate et un flacon d'éther, dans la chambre où j'étais caché. Alors, j'ai imbibé l'ouate d'éther, et le chien, dégoûté par l'odeur, n'a pas osé m'attaquer.

— Pas mal ! approuva maître Robion.

— François, tu ne partiras jamais plus en vacances sans nous, soupira Mme Robion.

— Je porterai plainte, dit le Hollandais.

— Cela m'étonnerait, reprit Sans Atout. Donc, je suis sorti en vitesse de la propriété de monsieur et je suis allé à la chapelle Pardon. Là, j'ai cherché longtemps et j'ai fini par découvrir, un peu par hasard, que la pierre de l'autel est mobile. Quand on la pousse sur le côté, ce qui n'est pas difficile, on découvre un souterrain qui conduit à deux galeries. La première, de construction récente, conduit à un bunker, édifié par les Allemands durant la guerre. Et, devinez ce que j'ai trouvé dans ce bunker !

Ils étaient tous suspendus à ses lèvres, sauf Van der Troost qui paraissait de plus en plus mal à l'aise.

— Un trésor… oui… des objets d'art, des tas de trucs que je ne peux pas vous énumérer, mais vous verrez vous-mêmes… et je suis sûr d'avoir reconnu des choses qui appartenaient à grand-père.

Les yeux brillaient autour de lui, mais la surprise fermait les bouches.

— Il y en a pour des millions et des millions, poursuivit Sans Atout. Et encore, je n'ai pas vu ce que monsieur a déjà emporté, ce qu'il a emballé dans de grandes caisses qui se trouvent aux Mouettes, dans une ancienne écurie.

— Pardon ! Je demande la parole, protesta le Hollandais.

— Plus tard ! dit maître Robion. Ensuite, François.

— Ensuite, j'ai exploré la seconde galerie. Elle débouche là, dans le placard.

Sans Atout alla ouvrir la porte du placard et l'on vit la trappe, relevée et appuyée contre le mur.

— Au début, je ne comprenais pas. J'étais dans le laboratoire de Jean-Marc, mais qu'est-ce que Jean-Marc venait faire dans cette histoire ?… Et puis, j'ai reconnu le magnétophone et j'ai commencé à comprendre. C'est pourquoi ce matin… enfin, hier matin, j'ai profité de l'absence de Jean-Marc pour venir regarder de plus près toute cette installation. Je me suis même permis d'ajouter un petit commentaire à la bande sonore.

— Voilà qui va intéresser les gendarmes, dit maître Robion.

– C'est fait, papa. Tu penses bien que je n'ai pas voulu laisser à monsieur la moindre chance de nous échapper. J'ai filé à la gendarmerie… c'est même pourquoi j'ai raté votre arrivée… et j'ai raconté à l'adjudant tout ce que je savais. Il a tout de suite pris les dispositions nécessaires. Depuis onze heures, ses hommes sont embusqués dans les environs. Ils ont dû surprendre Heinrich et l'autre en train d'enlever le reste du trésor. Demain, ils perquisitionneront aux Mouettes pour récupérer les caisses déjà entreposées dans l'écurie.

– Je proteste ! grogna Van der Troost.

– Vous ne manquez pas d'audace, dit maître Robion. Et toi, Jean-Marc, tu as accepté d'aider ce monsieur ?… Je ne te reconnais plus.

– Je suis innocent, s'écria Jean-Marc. Je le jure.

– Alors, parle. Défends-toi !

– Oh ! C'est bien simple, commença Jean-Marc. J'étais sincèrement désolé à la pensée que Kermoal allait être vendu. Moi aussi, j'ai passé mon enfance ici. Je cherchais un moyen de vous aider. Je me répétais : « Tous les châteaux coûtent cher à leurs propriétaires. Comment font-ils pour réussir à les conserver ? » Et j'ai brusquement trouvé la réponse : « Ils organisent des spectacles son et lumière. » Il n'y avait plus qu'à creuser l'idée. Je me débrouille pas mal en électronique. Je lus des livres, je fis des plans. Je m'aperçus qu'on pouvait facilement dissimuler de petits haut-parleurs dans des bouquets d'ajoncs, dans des buissons, dans des creux de rochers. Faire courir des fils souterrains, ce n'était pas non plus très difficile, à condition de prendre certaines précautions. Les appareils proprement dits ne posaient aucun problème. Je songeai presque tout de suite à la légende de la chapelle Pardon, que je connaissais depuis longtemps. Et, comme j'avais des amis à Brest, qui faisaient du cheval, j'enregistrai plusieurs bandes. Le résultat me confirma dans mon projet. Les bruits étaient reproduits avec une fidélité extraordinaire... Il suffisait de sélectionner les meilleurs, ceux qui étaient les mieux adaptés à la nature du terrain. Bref, un projet parfaitement sain, et je faillis, à plusieurs reprises, vous en parler. Mais j'aurais voulu vous faire la surprise d'une première réalisation et, malheureusement, la dépense m'arrêtait. J'avais bien quelques économies, mais j'étais loin du compte. Tous ces appareils coûtent très cher.

— Mon pauvre Jean-Marc, murmura Mme Robion.

Les Jaouen, eux, étaient figés dans une attitude de réprobation butée.

— J'allais renoncer, dit Jean-Marc. D'ailleurs, je commençais à me rendre compte que ce n'était pas mon installation qui suffirait à sauver le château, quand je rencontrai M. Van der Troost. Cela se fit de la façon la plus naturelle. Il vint un jour au manège où j'enregistrais des bruits un peu délicats de harnachement. Curieux, il commença à m'interroger, et alors, il se produisit quelque chose que je ne m'explique pas. Ce projet, que j'avais gardé secret, que je n'aurais voulu confier à personne, je le lui révélai dès notre seconde rencontre. Peut-être parce qu'il n'était qu'un étranger

161

de passage… Il fut immédiatement intéressé. À son tour, il me fit une confidence : il avait l'intention d'acheter Kermoal.

– Vous vous voyiez souvent ? interrompit maître Robion.

– Très souvent. Il venait m'attendre, le soir, ou bien nous nous donnions rendez-vous au manège, car il aime beaucoup les chevaux. Je pensais que c'était pour ça que la légende de la chapelle Pardon lui plaisait tellement ! Quelquefois, il m'invitait à déjeuner. Il a toujours été très aimable avec moi.

– Et pour cause ! dit ironiquement maître Robion.

– Mais, permettez ! s'écria Van der Troost.

– Chacun son tour, répliqua maître Robion, avec l'autorité d'un président de tribunal. Jean-Marc n'a pas fini.

– Oh si ! j'ai presque tout dit. Mon erreur a été de lui faire confiance.

Jean-Marc se tourna vers les Jaouen.

– Il me promettait de nous garder tous les trois et il était prêt à financer mon expérience. Puisqu'il n'y avait pas moyen de sauver le château, autant que ce soit lui qui l'achète !… Et j'avais vraiment envie de réaliser cette installation de son et lumière. Je ne faisais de tort à personne… Il m'a donné de l'argent. Il prétendait qu'il se rembourserait plus tard, sur les recettes. Il voulait procéder par étapes : le son, d'abord. Ensuite, l'éclairage, et pour finir le commentaire. Si j'étais capable de réaliser correctement la sonorisation – ce qui lui paraissait le plus difficile – il me chargerait de toute l'installation et il me paierait largement. Bien sûr j'étais très alléché.

– On te comprend, mon pauvre Jean-Marc, dit Mme Robion.

Maître Robion alluma une cigarette.

– C'est lui, sans doute, qui a choisi l'emplacement des haut-parleurs ?

– Nous les choisissions ensemble. Je lui soumettais les plans. D'ailleurs, il n'y avait guère à hésiter. Il ne fallait pas qu'on voie les appareils, ce qui aurait détruit l'illusion. Le cheval devait passer là où il était possible de dissimuler un haut-parleur, d'où cet itinéraire en zigzag. Quand tout fut prêt, M. Van der Troost me demanda de faire un essai, pendant la nuit.

– Et ce fut la première apparition du cheval fantôme ?

– Oui.

– Mais… pourquoi les autres ? L'expérience était concluante.

– Il voulait qu'on expérimente chaque enregistrement. Il prétendait que…

– Et tu ne t'es jamais demandé pourquoi ce monsieur voulait amener régulièrement les habitants de l'aile sud dans l'aile nord ? interrogea Sans Atout.

– Non.

– Il ne t'est pas venu à l'idée que, pendant ce temps, monsieur avait les mains libres, du côté de la chapelle ?

– Non.

Jean-Marc baissa la tête.

– J'étais trop heureux pour me poser des questions.

J'avais créé un fantôme. L'illusion était parfaite, n'est-ce pas ?

– Absolument parfaite, approuva maître Robion. Tu es un remarquable technicien. Mais parle-nous des empreintes.

Jean-Marc regarda craintivement Van der Troost.

– C'est encore une idée à lui, dit-il. Il me conseilla de marquer, le soir, des empreintes sur le sol, avec un fer, pour ajouter encore à l'impression produite. Il disait que la nouvelle finirait par se répandre et que les curieux viendraient en foule. Il disait que nous venions de découvrir un moyen de rendre beaucoup plus pittoresque le procédé son et lumière. J'étais prêt à tout croire.

– Je vois, dit maître Robion. En somme, dans cette affaire, tu as été le petit inventeur entièrement dominé par son invention.

– Je regrette, fit Jean-Marc.

– Nous ne t'en voulons pas. Tes parents non plus ne t'en veulent pas… Il ne faut pas pleurer, Marguerite. Jean-Marc a été un peu faible, voilà tout… Et je peux lui prédire un bel avenir dans l'électronique… Mais, écoutons maintenant M. Van der Troost. Et d'abord, est-ce bien votre nom ?

– Je m'appelle Schwartz, répondit celui-ci. Je suis Allemand.

Il tira calmement un cigare de son étui, l'alluma avec grand soin. Peut-être s'efforçait-il de narguer ses adversaires.

– Vous me considérez comme… une canaille, c'est bien cela ? Vous vous trompez. Je suis aussi innocent que ce jeune homme. Je vais commencer par le commencement… Mon père était *Oberleutnant,* pendant la guerre, et il a habité ce château pendant plus d'un an. Il faisait partie d'un état-major commandé par un général qui a été tué au moment du débarquement. Et ce général est le seul responsable des pillages qui ont eu lieu dans la région. C'est lui qui a fait construire ce bunker. Mon père était chargé de surveiller les travaux, et c'est ainsi qu'il découvrit le deuxième souterrain.

Il jeta son pouce en arrière.

– Celui par où je suis venu. Le contenu du bunker devait être emporté à la fin de l'été 44. Mais vous savez ce qui est arrivé. Cette partie de la côte fut évacuée précipitamment. Les officiers de l'état-major disparurent l'un après l'autre dans la bataille de Normandie. Mon père fut grièvement blessé et fait prisonnier. Il rentra en Allemagne un an plus tard, et il est mort il y a trois mois.

– Je comprends, dit maître Robion.

Le visage de Schwartz retrouva une seconde la rondeur et la bonhomie de celui de Van der Troost.

– *Ach !* Je suis content que vous commenciez à voir. Mon père était un brave homme… c'est comme ça que vous dites ?… Il savait qu'il avait été le complice, en service commandé, d'une entreprise systématique de pillage et il ne l'approuvait pas.

– Il parlait de sa campagne ? demanda l'avocat.

– Jamais. Il avait la guerre en horreur. J'ai découvert, après sa mort, un journal… secret… c'est bien secret ?

— Intime.

— *Ja*. Intime. Très émouvant… plein de pensées élevées…

— Et, dans ce journal, reprit l'avocat, vous avez trouvé tous les détails se rapportant au château, au bunker et à l'autel mobile de la chapelle ?

— Exactement. Alors, j'ai pensé qu'il y avait un trésor perdu pour tout le monde et que c'était dommage.

— Vous pouviez dire la vérité, coupa maître Robion, et permettre ainsi d'effectuer les restitutions qui s'imposaient.

— Un quart de siècle après ? fit l'Allemand d'un air de doute.

— Pourquoi pas ?

— Et j'aurais dit aussi que mon père était un des responsables ? Impossible !

Manifestement, il était sincère. La main qui tenait le cigare tremblait d'émotion.

— Bon ! admit maître Robion. Ne discutons pas ce point. Ensuite ?

— J'ai effectué une première reconnaissance. Je me suis renseigné, à Brest, chez les notaires. J'ai appris que le château était à vendre. Malheureusement, il n'était pas question pour moi de l'acquérir ; mais c'était une circonstance à exploiter. C'est alors que j'ai décidé de devenir Van der Troost. J'ai acheté d'occasion ma Bentley ; j'ai embauché deux aides, Heinrich et Karl, et j'ai loué Les Mouettes. L'opération m'avait paru tout d'abord assez facile. Mais je me rendis compte très vite qu'elle posait de nombreux problèmes, à cause de la disposition des lieux. Pour arriver jusqu'à la chapelle, on doit, en effet, passer tout près de la partie du château occupée par vos concierges…

– Ce ne sont pas des concierges, interrompit l'avocat. Ce sont des amis.

L'Allemand le regarda, interloqué. Son sens de la hiérarchie était visiblement choqué par cette remarque.

– Soit, dit-il. De jour comme de nuit, on risquait d'être vus et entendus. Madame ne sort jamais du château, monsieur non plus ne s'absentait guère. Pour vider le bunker, c'était un travail long et compliqué, à cause de l'ouverture très étroite à travers l'autel… Nous étions obligés de nous y mettre tous les trois. Un en bas, qui passait les objets à un autre, qui les donnait au troisième, qui les portait à la voiture… Comment faire tout ce trajet sans être surpris ?

– Autrement dit, reprit maître Robion, comment attirer les occupants de l'aile sud du château dans l'aile nord, d'où l'on ne voit ni la chapelle ni la grille ?

– Voilà ! approuva l'Allemand, tout heureux d'être si bien compris. Eh bien, ce problème m'arrêta longtemps. Il n'était pas question d'opérer en force… Non. Je ne suis pas un… ça commence par un t.

– Un truand ?

– *Ja*. Un truand ! Pas du tout… J'étais…

Ses deux mains se rapprochèrent violemment.

– Coincé ? suggéra maître Robion.

– *Ja. Danke schön*. Quand je suis ému, je ne trouve plus mes mots. J'étais coincé. Heureusement, un jour, j'ai rencontré Jean-Marc. Il vous a expliqué tout à l'heure l'essentiel. Grâce au cheval fantôme, la route de la chapelle pouvait être libre pendant longtemps…

– Comment vous y êtes-vous pris, exactement ? demanda l'avocat.

– Eh bien, d'abord, Jean-Marc emmenait ses parents dans l'aile nord, pour guetter le passage du cheval. Un peu avant minuit, nous entrions dans la propriété ; je m'étais procuré un double de la clé… Je laissais la Bentley près de la grille et nous nous glissions dans le souterrain. Au moment voulu, je venais ici, par le chemin que j'ai suivi tout à l'heure, pour déclencher le magnétophone. Ensuite, nous travaillions le plus vite possible. Nous arrivions à faire quatre ou cinq voyages de la chapelle à la voiture. En une semaine, tout devait être terminé. J'ai réussi à persuader Jean-Marc de renouveler l'expérience plusieurs nuits de suite. Cela devenait pour lui une sorte de… de performance, si vous voyez ce que je veux dire. Mais comme, à la longue, quelqu'un aurait pu s'aviser qu'on entendait toujours les mêmes bruits et en conclure qu'il s'agissait d'un enregistrement, j'avais fait préparer plusieurs bandes sonores. L'effet était saisissant. Jean-Marc, qui est un mécanicien très habile, avait mis au point, de son côté, un système permettant de faire passer automatiquement le son d'un micro à l'autre… Travail très remarquable, vous avez vu… Dommage !

– Mais… le blessé ? interrogea maître Robion.

– Ah ! Le blessé ! Eh bien, voilà… C'est Karl que

j'avais désigné pour travailler dans le bunker. Et Karl a eu la tête tournée par tout ce qu'il voyait autour de lui. L'autre nuit, il a volé le petit cheval d'or. Seulement, Heinrich s'en est tout de suite aperçu. Les deux hommes se sont battus. Je n'étais pas là, malheureusement. Je venais de faire un voyage à la Bentley. Au cours de la bagarre, Heinrich a frappé violemment Karl à la tête et Karl est tombé. Affolé, Heinrich a couru me chercher. Mais quand nous sommes revenus dans le bunker, plus de Karl. Nous ne pouvions prendre le risque de nous mettre à sa recherche. Nous sommes repartis dans la Bentley, très inquiets… Au petit matin, Karl était de retour aux Mouettes, épuisé, ne tenant plus sur ses jambes. Il n'en menait pas large, comme vous dites ; il se demandait quel accueil j'allais lui réserver. Mais il n'y avait pas d'autre solution pour lui. Il était sans argent, sans papiers d'identité.

Sans Atout s'adressa à Jean-Marc :

— Ainsi, c'est toi qui l'avais laissé partir ?

— Moi non plus, je n'avais pas le choix, dit piteusement Jean-Marc. C'est seulement cette nuit-là que je me suis douté de quelque chose. J'ai compris qu'un trafic louche s'opérait derrière mon dos. J'ai eu peur de faire figure de complice…

— Le téléphone qui ne marchait pas… la 2 CV en panne… c'était de la blague ?… Et l'empreinte du sabot sur le lit, c'était… du luxe ?

Jean-Marc avait l'air de plus en plus malheureux.

— Oui, avoua-t-il. Je ne voulais pas que la gendarmerie soit prévenue… ou plutôt, je ne voulais pas qu'elle le soit trop tôt. Je voulais me donner le temps de demander des explications à M. Van der Troost.

– Schwartz ! rectifia l'Allemand.

– Je comprends maintenant pourquoi monsieur est venu, le lendemain, sous prétexte de faire quelques photos, reprit Sans Atout.

– Je venais aux renseignements, dit Schwartz. Karl aurait pu parler, délirer, et ne plus s'en souvenir… Je voulais donc tâter le terrain, observer monsieur François, voir s'il avait découvert quelque chose. C'était de bonne guerre.

– Voilà un mot que je n'aime pas entendre, dit maître Robion.

– Excusez-moi, fit Schwartz, penaud.

– Résumons-nous, reprit l'avocat. Quand vous sortirez d'ici, vous serez, à votre tour, cueilli par les gendarmes. Mais…

Il prit le temps d'allumer une nouvelle cigarette.

– Mais je ne porterai pas plainte. Après tout, sans l'avoir voulu, vous nous avez rendu un immense service. Sans vous, le trésor était perdu pour toujours. Grâce à vous, nous voilà riches, puisque nous allons rentrer en possession de notre patrimoine. Kermoal ne sera pas vendu… Et je me réjouis à la pensée de restituer moi-même à leurs propriétaires tant d'objets d'art volés. Je ne vous retiens plus, monsieur Schwartz.

Schwartz claqua les talons et s'inclina roidement.

– Jean-Marc, accompagne monsieur jusqu'à la grille. Il pourrait se tromper de chemin.

Schwartz sortit, très digne. Jean-Marc le suivit, comme un chien battu.

– Moi, soupira Mme Robion, je plains ce pauvre Jean-Marc.

— Il me fait honte, dit Jaouen.

L'avocat tapota l'épaule du bonhomme.

— Mais non. Il ne faut pas prendre les choses si à cœur. Jean-Marc est un naïf, comme beaucoup de scientifiques. Il a été ébloui, subjugué par ce Schwartz, qui n'a pas eu grand mal à le tromper.

— Mais il nous a trompés aussi, dit Marguerite, en s'essuyant les yeux.

— Il a été faible, reprit Mme Robion. Je ne l'excuse pas, mais je lui pardonne bien volontiers. Cela lui servira de leçon.

— C'est tout à fait mon avis, dit maître Robion. Ne parlons plus, pour l'instant, de cette malheureuse histoire. Mais, si vous permettez, avant l'arrivée des gendarmes, j'aimerais entendre encore une fois le fantôme…

Il déclencha le magnétophone et aussitôt le cheval fut parmi eux. Il s'approcha, trottant paisiblement, piaffa, souffla, hennit, agita ses brides.

— Incroyable ! dit maître Robion. Et, voyez-vous, je me demande s'il faut détruire un tel chef-d'œuvre… Cette idée de son et lumière, c'est à creuser… Tu ne crois pas, François… toi qui es le grand triomphateur… Décide !

— Ce serait le meilleur moyen de consoler Jean-Marc, dit Sans Atout.

Table des matières

Boileau-Narcejac

L'auteur

Boileau-Narcejac : sous ces deux noms se cachent deux auteurs, Pierre Boileau et Thomas Narcejac. Pierre Boileau a d'abord exercé les métiers les plus divers, avant de commencer à écrire des contes, des nouvelles et des romans policiers. Quant à Thomas Narcejac, après des études universitaires, il devient professeur de lettres. Passionné de littérature policière, il pastiche les plus grands auteurs du genre (Agatha Christie, Conan Doyle, Maurice Leblanc…) et publie plusieurs romans. En 1950, les deux hommes se rencontrent. Depuis cette date, ils travaillent ensemble. La plupart de leurs romans ont été portés à l'écran par de célèbres réalisateurs : Clouzot, Hitchcock…

Daniel Ceppi

L'illustrateur

Daniel Ceppi est né en Suisse. Grand spécialiste de bandes dessinées, il a publié ses dessins dans de nombreux journaux et magazines. Dans ce livre, il marche sur les traces du cheval fantôme et de ses secrets : mais le roman policier n'est-il pas une sorte de bande dessinée ?

Mise en pages : Karine Benoit

Loi n° 49-956 du 16 juillet 1949
sur les publications destinées à la jeunesse
ISBN : 978-2-07-057708-8
Numéro d'édition : 143402
Premier dépôt légal dans la même collection : avril 1988
Dépôt légal : juin 2007

Imprimé en Espagne par Novoprint (Barcelone)